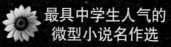

最具中学生人气的
微型小说名作选

一次失败的劫持

◎ 安勇 著

东方出版社

图书在版编目(CIP)数据

一次失败的劫持/安勇著. —北京:东方出版社,2008.4
(最具中学生人气的微型小说名作选)

ISBN 978-7-5060-3095-3

Ⅰ.一… Ⅱ.安… Ⅲ.小小说-作品集-中国-当代 Ⅳ.I247.8

中国版本图书馆 CIP 数据核字(2008)第 038507 号

一次失败的劫持
YI CI SHIBAI DE JIECHI

安 勇 著

丛书策划:东 方
策划编辑:刘智宏
责任编辑:张 旭
特约编辑:村 流
责任校对:徐林香
封面设计:红十月设计室
出版发行:東方出版社
地 址:北京朝阳门内大街 166 号
邮 编:100706
邮购电话:(010)65181955
印 刷:北京一鑫印务有限公司
经 销:新华书店
版 次:2008 年 4 月第 1 版 2008 年 4 月北京第 1 次印刷
开 本:787 毫米×960 毫米 1/16
印 张:12.5
字 数:200 千字
书 号:ISBN 978-7-5060-3095-3
定 价:25.00 元

目 录

小城故事

1　过程 ················· /3
2　光头 ················· /5
3　做豆腐 ················· /7
4　只讲事实的小孩 ················· /9
5　天使 ················· /11
6　捉拿 ················· /13
7　一座房子的王国 ················· /15
8　追踪 ················· /17
9　解释 ················· /20
10　魔术师的房子 ················· /23

荒诞舞台剧

11　桥 ················· /27
12　完成 ················· /29
13　一次失败的劫持 ················· /31
14　怪物 ················· /33
15　感情 ················· /35
16　心理素质 ················· /37

一次失败的劫持

17　真相　……………………………………………　/39

18　变化　……………………………………………　/41

19　住在楼顶上的囚徒　………………………………　/43

20　一根另类的胡子　…………………………………　/45

21　旅行　……………………………………………　/48

逝去的岁月

22　寻找袁大海　………………………………………　/53

23　雪白的馒头　………………………………………　/55

24　一九三九年的一条腿　……………………………　/58

25　一九二八年的一场赌局　…………………………　/61

26　一九五八年的夏天　………………………………　/63

27　一九六二年的除夕　………………………………　/65

28　死因　……………………………………………　/67

29　柳条筐　……………………………………………　/70

30　陷阱　……………………………………………　/73

31　游戏　……………………………………………　/75

32　一张饼　……………………………………………　/77

那些感动

33　鸭蛋释　……………………………………………　/81

34　帽子　……………………………………………　/83

35　门铃　……………………………………………　/85

36　五一是几号　………………………………………　/87

37　面子　……………………………………………　/90

38 找中指 …………………………………… /92

39 仲夏的夜里 ………………………………… /94

40 真正的朋友 ………………………………… /97

41 嫁衣 ……………………………………… /98

42 课堂上的口哨 ……………………………… /101

43 上坡 ……………………………………… /103

44 诚信 ……………………………………… /105

45 樱桃 ……………………………………… /108

46 烟囱里的兄弟 ……………………………… /111

47 神偷的短信 ………………………………… /114

48 人活着要有梦 ……………………………… /117

啼笑世情

49 填表 ……………………………………… /121

50 较量 ……………………………………… /123

51 门 ………………………………………… /126

52 凤凰地十五号 ……………………………… /128

53 分析题 …………………………………… /131

54 仇恨 ……………………………………… /133

55 我是谁 …………………………………… /135

56 西双版纳 ………………………………… /137

57 你干的好事 ………………………………… /140

58 鸟笼 ……………………………………… /142

59 座位 ……………………………………… /144

60 慧眼 ……………………………………… /146

61 一只乌龟 ………………………………… /149

62 非洲 ……………………………………… /151

63 奸臣 ……………………………………… /154

64 病人 ……………………………………… /157

一次失败的劫持

65　李晓明的桃花 …………………………………… /159

66　没有用的事 ……………………………………… /161

67　爷爷是什么虫子 ………………………………… /164

68　三天 ……………………………………………… /167

人生脸谱

69　花匠老丁 ………………………………………… /173

70　词人老赵 ………………………………………… /176

71　三爷的棉袄 ……………………………………… /179

72　炮兵老梅 ………………………………………… /182

73　鸵鸟 ……………………………………………… /184

74　偷酒 ……………………………………………… /186

75　老孟和大孟(一) ………………………………… /189

76　老孟和大孟(二) ………………………………… /191

小城故事

过程

石城北街的傻子阿木，在一天早晨醒来后，心里突然有了他人生的第一个理想——他打算到街边去做一名乞丐。

在过去的十八年里，不断有人问阿木同一个问题：你的理想是什么？或者，你以后要做什么事？阿木每次的回答都一样——翻翻眼睛，然后茫然地傻笑。于是，大家就认为阿木是个傻子。几天前，他的父母在一夜之间双双去世，他身无分文，不得不考虑生计问题。很自然地，阿木想到了去乞讨。

但这个想法仔细想想却有一些难度，因为阿木不太喜欢凭白无故地向别人伸手要钱。他想，我起码应该像有些乞丐似的演奏些乐器吧！那么，我应该演奏什么乐器呢？天知道为什么，他第一个想到了二胡。但他的家里并没有二胡。那就动手做一把吧！这个想法很可笑，因为他并不懂制作二胡的方法。于是，他到一家制造乐器的工厂去工作，拼命学习各种乐器的做法，尤其是他准备使用的二胡。

五年后，他成了整个工厂里技术最好的乐器制作师。

一天早晨，阿木对厂长说："谢谢你这几年里对我的照顾，我要走了。"厂长问他要去哪里，他笑了笑说："我要回家去，做一把自己的二胡，然后到街上去乞讨。"

阿木心满意足地辞去了工作，并且很快做出了一把漂亮的二胡。但是，当他把精心制作的二胡拿在手里时，这才突然发现，原来自己还不会演奏一支像样的曲子。在工厂里制琴，只要能把音阶分清就可以了。看来，离去乞讨还有一段日子呢！他用在工厂里挣到的钱四处去访求二胡演奏家，悉心向他们学习演奏技巧。心中的渴望激发了他的全部热情，他学得异常刻苦。只是有一点让他感到奇怪，每当他说到学习二胡是想到街边去乞讨时，人们总是表现得万分惊讶。

在学习二胡的日子里，阿木有时候想，只有二胡会不会让人感到单调呢？于是，他同时又学习了笛子、箫、喇叭、扬琴等几十种乐器。后来他又想，仅仅是民族乐器似乎还有些不够。这样，他又学习了手风琴、萨克斯、小号、长号、小提琴等几十种西洋乐器。

学所有这些乐器用去了他三十年的时间。三十年里，他只要一睁开眼睛，就开始反复不停地演奏他的各种乐器。为了制作和购买这些乐器，他把房子卖掉了，住在一幢破房子里，又断断续续地找了很多种工作。

三十年后的一天早晨，阿木认为自己终于可以心安理得地到街边乞讨了。

他和他的乐器一起迎着阳光走出屋门，来到大街上。最后他站在了石城音乐大厅门口。阿木向周围看了一眼后，摆开架式，演奏了他的第一首二胡曲。接着，他又变着花样地演奏了随身携带的其他几样乐器。当他抬起头准备接受过路人的零钱时，他看到周围不知什么时候已经站了很多人，大家都用惊讶的目光望着他。他还不知道，音乐大厅里刚才还在看演出的观众，现在都已经围在了他的周围，包括在大厅里演奏的音乐大师们，也都走了过来，惊讶地看着他。阿木觉得很奇怪，这么多围观的人里，竟然没有一个人给他钱，哪怕是一分的硬币。

阿木本来不是一个太爱理会别人的人，他只顾自己一首接一首地演奏他的音乐。把自己带的乐器演奏完了，又有人给他拿来一些其他的乐器。不论是什么乐器，阿木都很熟练地演奏了一支曲子。音乐结束后，人们热烈地鼓起掌。阿木冲鼓掌的人们笑了笑，等了一会儿，见大家谁也没有打算给钱的意思，只好挤出人群，走回自己暂住的那幢破房子里。

第二天，全城的报纸都刊发了一个惊人的新闻：一名神秘男子在音乐厅门前即兴演奏，令人惊叹的是，他几乎精通任何一种人们能够想起来的乐器。虽然没有人知道他的名字，但他无疑是本世纪最伟大的演奏家。

此时，阿木正躺在破房子里，望着从屋顶上垂下来的灰尘出神。他想不清楚，为什么那些人听完音乐，还鼓了掌，却不肯给他零钱呢？

光头

石城北街肉铺掌柜王二麻子正专心对付一块骨头，他八岁的儿子王有才跑了过来，挺着小胸脯，郑重其事地说："爹，我想剃个光头。"王二麻子手里的那块骨头不太好剔，似乎是他十几年屠夫生涯中遭遇到的最难剔的一块骨头。王二麻子心里有些发烦，没说行也没说不行，说："你给老子滚一边去！"王有才不想乖乖地滚，父子间就发生了争吵。王二麻子在王有才的屁股上踢了一脚，说："想剃光头，除非我死了。"

从此，王有才最大的心愿就是要剃个光头。尽管他一直盼望奇迹出现，但王二麻子的身体在他看来比猪还要健康，丝毫也没有突然告别人世的迹象。十几年来，他只能在梦里拥有自己的光头。

十八岁那年，王有才考取了大学，要离开石城到外地去读书。多年来，他第一次感觉光头离自己非常近了。他暗暗地想，到学校的第一件事就是剃个光头。

但开学第一天，校长宣布的校规让王有才立刻绝望了——学校不允许学生剃光头。他搜集了一些光头名人的画片，并不敢有什么违规的行动。四年后，当他带着众多光头明星的画片毕业时，他想，我终于可以剃光头了。

一切似乎都和王有才的光头过不去，单位的领导是一个非常刻板的人，第一次开会就宣布看不惯年轻人剃光头、穿喇叭裤。虽然多年来王有才对光头的渴望越来越强烈，但他还没有愚蠢到因为一个光头而影响自己前途的程度。

几年后，老领导退休了，但王有才热恋中的女朋友非常讨厌光头男人。王有才用一生远离光头的代价娶回了老婆。多年以后，王二麻子去世了，但王二麻子死与不死都已经不是王有才剃光头的障碍了。

王有才七十岁那年，差一点就拥有了光头。他发现脑袋上的头发开始不断地脱落。遗憾的是，没等头发全部落光，他就怀着此生对光头的眷恋，极不情愿地告别了人世。

一次失败的劫持

王有才走在去西天极乐世界的路上时，他唯一的企盼就是来世能剃个光头。佛祖总结了他的一生——他前世一直谨小慎微，既无大功，也无大过，宣布下一辈子他还可以做人，而且他有权选择做什么样的人。王有才说："我想做和尚。"佛祖宽厚地笑了。

一切进行得非常顺利，王有才出生在一个笃信佛教的家庭里。他长到八岁时，他爹说："我送你去当和尚吧！"光头离他真正地近了。

他爹笃信佛教，非常讲究缘分，装了一口袋干粮，领着他上路了。临出门他爹说："这一口袋干粮吃完了，走到哪个寺院，就在哪里出家吧！"

他们走了一天又一天，一次又一次地从寺院门前经过。王有才感觉自己循环往复地接近又离开了渴望中的光头。干粮吃光时，他们却出人意料地停在了一座道观门前。他爹惶恐地念过阿弥陀佛后，认为一切都是佛祖的安排。王有才成了道观里的一名道童。

因为每天都想着光头，无法潜心修炼，做了一辈子老道的王有才没能成仙。在七十岁时，又一次死去了。

王有才走在去西天极乐世界的路上时，心里已经彻底绝望了。他只想问问佛祖，剃个光头为什么就这么难呢？

佛祖听了王有才的话，压低了声音说："你知道千百年来我最想做什么吗？"他疑惑地摇摇头。佛祖笑了笑说："我一直都想痛痛快快地大哭一场，但我是佛祖，参透了万事万物，我不能哭，这世上有谁听到过佛祖的哭声呢？"

王有才听了佛祖的话似懂非懂，说："来世我再不想剃光头了，请让我浑身长满毛，做一只绵羊吧！"佛祖宽厚地笑了。

作为羊的王有才在草地上漫步时，已经不再想什么光头了。这样，日子就过得无忧无虑，他很快长得肥肥大大，被送进了屠宰场。他没像同伴们一样凄惨地嚎叫，躺在案板上时，他想起了多年前石城北街的那家肉铺，想起了王二麻子……就淡淡地笑了。这一生他终于毫无遗憾地闭上了眼睛。

王有才又一次走在去西天极乐世界的路上时，看见自己的肉被送上柜台出售，皮被制成了一只足球——像光头一样在球场上滚来滚去。

做豆腐

好多年后，当李有财奄奄一息时，又想起了他爹李老三。

石城南街开豆腐坊的李老三，每天凌晨四点都会趴在床上装一袋烟。一袋烟抽完了，顺手从地上捡一只鞋，把烟袋锅子在鞋底上磕一磕，起来，去西厢房做豆腐。刚过完二十三岁生日的那天早晨，李老三有些反常，磕了烟袋锅子后没有起来，捅醒了旁边的老婆。老婆迷迷糊糊地问，你咋不做豆腐？李老三像磨盘似的压过来，说，我就是打算做豆腐。老婆骂一句缺德，两扇磨盘就合在了一起。

李有财早晨出生，当时，李老三正在西厢房里做豆腐。听到孩子的哭声，李老三几步就跑了过来，手里还提着一把切豆腐的长刀。他看着刚出生的儿子，手上的刀在空中做着切豆腐的动作，嘴里说，这小子现在还不成形，要切上几刀，才能变成规规矩矩的豆腐块。李有财白白胖胖的，如果不考虑形状，倒有点儿像李老三做出的豆腐。

李有财还听不懂人话时，李老三就经常抱着他走进豆腐坊，用手比划着说："儿子，你现在还是块豆腐坯子，算不上正儿八经的豆腐，从今往后，爹就得对你下刀了。你先记住一句话，爹做豆腐的手艺全石城第一，将来你做豆腐的手艺就是石城第二。哪天我死了呢，你这个小兔崽子就是石城第一。"

李有财从小就泡在豆腐坊里，从四五岁起，就在李老三的指挥下学习做豆腐。到十几岁，李有财做豆腐的手艺已经和李老三不相上下了。不时地，李有财就会问他爹："我现在算是一块正儿八经的豆腐了吧？"李老三每次都摇头，说："日子还长着呢，还得切几刀。"

李有财十八岁时，看上了石城西街张三婶的女儿，和李老三提出来打算把她娶回豆腐坊。李老三表示反对，他拍着儿子的脑袋顶说："这些事你都别操心，爹早计划好了，你二十岁娶亲，媳妇是肉铺掌柜王二麻子的女

一次失败的劫持

7

儿。"李有财问："为啥偏偏是王二麻子的女儿?"李老三笑笑:"豆腐炖肉，那才对路!"

李有财二十岁时娶了王二麻子的女儿。结婚当天晚上，李老三严肃地告诫儿子:"你们小两口的磨盘没事别总往一起压，千万注意，你做自己的小豆腐是在二十三岁。"李有财过完二十三岁生日的第二天凌晨，像多年前李老三一样，没有准时去西厢坊做豆腐，捅醒了旁边的老婆。

多年来，李有财每做一件事情前，都会请示他爹。他一问，李老三就会告诉他什么时候该做什么，不该做什么。在李老三的安排下，李有财二十八岁那年买了一头新毛驴（老毛驴死在一年前，在此期间毛驴的工作由李有财完成），四十岁那年娶了小老婆。五十岁那年，李有财有点想得病的迹象，被李老三严厉地警告说:"你应该在七十岁时得病才对。"李有财果然没有得病。这时候，李老三早就不做豆腐了，他已经七十四岁了，重病缠身，整天都躺在床上，不停地哼哼。李有财呢，一直就盼着他爹快些死，几十年来，他已经受够了管制，想着早点儿当家作主。

李老三死于七十五岁那年春天，在他临死前，李有财又一次问:"爹，我现在算是一块正儿八经的豆腐了吧?"李老三没有马上回答，拉着李有财的手交代了三件事:"一，你五十三岁时，要重建一下豆腐坊。二，你五十五岁时再买一头毛驴。三，你六十岁时，到乡下买一块豆子地。"然后，点点头说:"现在你是块合格的豆腐了。"李有财在心里暗暗地说:"爹，你都要死的人了，就别操心这些事了。"李老三死时，李有财五十一岁，几十年来他第一次感觉扬眉吐气了。

两年后，李有财重建了豆腐坊。四年后，李有财买了一头毛驴（在此之前，毛驴的工作由他的儿子完成），九年后，李有财在乡下买了一块豆子地。十九年后，李有财得病了，他躺在病床上时计算了一下，刚好是七十岁。两年后，李有财奄奄一息了，突然又想起了李老三。他很想问问爹，现在死是不是合适，可惜却无法如愿。

李有财的儿子拉着他的手问:"爹，我现在算是一块正儿八经的豆腐了吧?"

只讲事实的小孩

神童刚一出生就表现得与众不同。他不哭不闹，瞪着一双黑漆漆的眼睛把身边围着的人逐个打量了一遍。他的父亲——石城卖豆腐的李老三，突然想到了什么，一拍大腿说："天啊！这孩子是个哑巴！"他的话音刚落，神童突然开口说话："爸爸，你讲话要有根据，不出声不等于是哑巴！"众人目瞪口呆，神童的称呼由此得来。

神童出生的第十天，李老三因为五天前的一笔豆腐账和北街肉铺的王二麻子争执不休，但争来争去谁也想不起当时的具体情况。躺在床上的神童突然开口，不但把那笔账说得一清二楚，而且还把两个人当时说过的话一字不落地复述了一遍。李老三和王二麻子都惊讶得张大了嘴巴，甚至忘记了那笔账目。隔了好一会儿，王二麻子抹一把闪着油光的麻脸说："三哥，你儿子会不会偏向着你说话？"没等李老三回答，神童冷冷地答道："绝对不会，我只说事实。"

开始，人们还以为神童只是具有超强的记忆能力，每天都有人带着录音机提着礼物，来到李老三家，录下一段对话后再让神童复述。每次结果都相同，神童重复的话与录音机一字不差。众人纷纷赞扬一番，放下礼物离开。但每次神童都会说一句："把东西带走，事实不需要礼物。"后来，人们惊异地发现，即使神童并不在场，仍然能准确无误地说出当时的情况。甚至是几百年前发生的事情，神童也能说得一清二楚。也就是说，神童掌握着全城过去和现在所有的"事实"。

这样一来，神童出生后的几年里，所有的人都不再为一些记不清的事情而起争执，只要他们找到神童，一切就会真相大白。神童能够轻易地让过去的一切重新回到人们面前，且分毫不差历历在目。全石城的人在事实不清或需要证明人时，都会带着钱物来求神童。神童有求必应，但从不收东西。

神童说:"事实发生在过去,它不属于任何人,所以根本不需要回报。"

开始,神童受到了全城所有人的尊重和崇拜。人们甚至还建了一座神童雕塑竖立在城中心广场上,雕塑上刻着:让神童告诉我们事实。

但是,准确无误的"事实"也让一些人非常恐慌,甚至让他们失了业。比如说靠混淆是非生存的诈骗犯们,他们一看到神童就不寒而栗。不久,连一些历史学家和考古学家也开始对神童有意见,他们认为,神童的出现让他们的工作变得毫无意义。不仅如此,紧接着人们很快又发现,所有在暗地里进行的,不宜拿到明面上的事情,都能被神童赤裸裸地公之于众。后来,又有一些人发现,"事实"这个东西有时候非常讨厌,它让很多事情都变得冷冰冰的,毫无悬念。有了"事实",就失去了想象和回忆的空间和自由。慢慢地,神童就变成了不受欢迎的人。虽然明知道毫无用处,但不管在哪里,只要看到神童,大家都立刻闭口不语。神童六岁那年的一天夜里,广场上立着的雕像上被人加了一句话:让事实见鬼去吧!几天后,雕像不知被什么人推倒了。这其中的事实神童当然也很清楚,但他却没有对任何人说。

神童的出现也让石城国王坐立不安,他发现自己已经不再是王国的绝对权威,而且就连他的所作所为,也时刻处于神童的语言陈述范围之内。所有政治上和他个人生活中的隐私都能轻易地大白于天下。一天晚上,国王在地下室里召开了秘密会议,讨论如何处置神童。

三天后,七岁的神童在豆腐坊里离奇死去。李老三赶来时,神童还有最后一口气,他拉着儿子的手问:"孩子,告诉爹,是谁害了你?"神童笑了笑,摇了摇头。李老三泪流满面问:"你不知道他们要害你吗?"神童又笑了笑,"我知道,什么时间,几个人来,我都清楚。"李老三吼道:"你真傻,那你为啥不逃跑呢?"神童摇摇头,脑袋就歪到了一边,永远合上了双眼。

关于神童之死,石城有各种不同的传言和解释,大家争执不休,但都认为自己的说法最合情合理,最接近事实。但有一点是肯定的,在国王的授意下,神童和神童之死,没有写进历史。

天使

在天使没来之前，石城人生活得很不好，应该说是非常糟糕。

在石城，每个人都有一套独立的语言系统，大家只会讲自己的话，却听不懂别人的话。就连一些简单的交往也无法正常进行。更糟糕的是，每一个词语在大家的语系里都存在，但表达的意思却截然不同。比如说，某一个词在这个人的语言里，代表的是赞美和欣赏，但在另一个人的语言里，代表的就是讽刺和挖苦，甚至还会是谩骂和污辱。这样一来，石城人就经常因为语言的歧义，吵得面红耳赤，打得头破血流。

曾经有一位语言学家来到石城，看到这种状况，就研究出一种新语言。他想，只要人们都学会了这种语言，交流起来就轻松自如了。这想法很天真，石城人对他的新语言无动于衷，不屑一顾。大家都认为，只有自己的语言才是最好的语言，没人愿意学什么新语言。语言学家做了很长时间努力后，和他的新语言一起，垂头丧气地离开了。

天使就是在这时候来到石城的。它在旷野上流浪了几天几夜，穿过大片大片的玉米地后，小心翼翼地跑进了石城。一进城，就跟在一个卖柴人的身后，试探性地跑。偶尔，还会大胆地用鼻子嗅嗅卖柴人的鞋子。

卖柴人的日子过得很沮丧，虽然他力大无比，砍柴的手艺高超但却无法成功地把柴卖出去。只要他一开口说话就会和买柴的人们发生磨擦。经常是，柴没卖成，却吵得不可开交。卖柴人已经对自己的生意和生活都不抱什么希望了，他把柴扔在集市上，转身去了别处。他对自己说："他娘的，世界上还能找到像我这样徒有虚名的卖柴人吗？"

不久，来了一个买柴人，围着那捆柴转了几圈后，想问问价钱。他没找到卖柴人，却看到了蹲在旁边的一条狗。于是就试探地问："这柴卖吗？"天使不说话，因为它根本就不会说话，它看着那人摇了摇尾巴。买柴人又问：

"这柴卖多少钱?"天使继续摇尾巴。买柴人认为狗的意思是同意出卖,就接着问:"十块钱卖吗?"天使仍然摇尾巴。买柴人把十块钱放在天使身边,担起柴离开了。

卖柴人回来时,看见柴不见了,放柴的地方有一条狗和十块钱。他很快就搞清楚了,是这条狗帮助他做成了有史以来的第一笔生意。他捡起钱,在狗的脑袋上友好地拍了拍。从此,卖柴人每天都会带着这条狗,并且感激涕零地叫它天使。

慢慢地,天使就成了城市里最重要的角色,它不仅仅能卖柴,还能帮助很多人买卖东西。过去,因为语言不通,石城的商人们很少能成功卖出货物,当然也就很少有人能成功地买到货物。有了天使,一切就变得简单多了。如果有人要买肉,只要带着天使来到肉铺,把钱装在袋子里,系在天使的脖子上,天使就会冲着肉铺的老板摇尾巴。卖肉的老板知道天使要买肉,就取下钱,按钱数称好肉,把肉装在另一只袋子里,系在天使的脖子上,交易就轻松地完成了。

因为有了天使,原来纷纷关门倒闭的店铺又重新开业了,人们的脸上也有了难得一见的笑容。天使的作用不仅如此,它还能传递信息、和恋爱的人们一起去赴约会、帮人们调解矛盾、甚至还会参与一些大型的谈判、组织政府选举……石城的经济、文化、政治等,都不同程度地有了长足的发展。在这座城市里,不管是谁,只要看到它友好地摇着尾巴,就会露出开心的笑容。有史以来,石城出现了第一个统一的词语,不管使用什么语言的人,都把这条狗叫做天使。

为了表达对天使的感激和尊重,大家共同出资,在石城最大的广场上,立起了一尊天使塑像。塑像旁,用最好的材料,给天使搭建了宫殿似的住宅。每天,都有很多人到塑像前顶礼膜拜,献上一只烧鸡腿,或者是一块肉骨头。

与此同时,天使的任务更加繁重了,城市里到处能听到呼唤它的声音,每一条街道上都能看见天使匆匆忙忙奔跑的身影。天使,无处不在。

…… ……

就在一个深夜,每天疲于奔命,早已积劳成疾的天使,完成了一项任务后,疲惫不堪地倒在了路边,就再也没能爬起来。

捉拿

  石城靠打短工维生的赵小六，在一天早晨，扛着一根木头从石城码头去北街王二麻子的肉铺。走到一个大上坡时，赵小六就开始后悔——早饭前选择最重的这根木头很显然是犯了个愚蠢的错误。虽然明知道没有人会帮助他，赵小六还是下意识地向街两边看了看。

  在石城，没有人会帮助别人，人们之间充满了敌意，每个人时刻都在做两件事——保护自己，打击别人。他们无法正常交谈，只要一开口就会吵架。如果老张对老王说："今天天气不错"。老王就会斜眼看老张，"你什么意思？难道我连天气好坏都分不清楚？"如果老赵遇到一位熟人，随口说一句，"老李你好"。老李就会气哼哼地回答："你有病，我好不好与你何干？"石城的人全都板着面孔，脸上没有一丝微笑。如果你笑着在街上走几分钟，就会有人恶狠狠地问："混蛋，你觉得我很可笑吗？"

  但这天早晨，赵小六却意外地看见一个陌生的年轻人正站在街边，微笑地看着他，脸上的笑容像初升的太阳一样灿烂。赵小六很生气，恶狠狠地对这个无知的年轻人说："小子，你笑什么？"年轻人继续保持着微笑说："你好，早晨好！"赵小六冷冷地说："你有毛病，我好不好与你何干？"年轻人还在微笑，伸出手说："我们能成为朋友吗？"赵小六没理年轻人的手，紧张地问："你想干什么？"年轻人笑着摇摇头说："朋友，我毫无企图，只想问问，你有什么需要我帮忙的吗？"赵小六傻乎乎地站着，甚至忘记了肩膀上的那根木头，诧异地问："你为什么要帮助我？"年轻人说："不为什么，我们可以成为朋友，你说是不是……"慢慢地，赵小六就被年轻人的微笑和热情打动了，同意年轻人和他一起抬木头。

  两个人抬着那根木头，一前一后地走在大街上，立刻吸引了所有人的注意。一路上，不断有人冲他们指指点点——在石城，还从来没有两个人

一次失败的劫持

做一件事情的先例，大家都拒绝合作。最明显的例子就是百分之九十以上的男女都拒绝结婚，过着独身生活，即使有几个结婚的人，也拒绝合作生孩子。石城没有孩子，石城也没有朋友。

年轻人对所有的人都报以善意的微笑，热情地帮他们做事情。很快，这座城市里的人们就都认识了这个善解人意的年轻人。大家都愿意和他说话，求他办事，和他做朋友。这个脸上挂着微笑的年轻人，就像一股春风，走到哪里，都会把人们脸上硬硬的坚冰溶化掉。慢慢地，石城里有一些人的脸上也出现了笑容。偶尔，也会有人进行几句正常的交谈。在年轻人的影响下，不时地，也会有两个人合作干一件事情，不知不觉中，吵架的人也明显减少了。

那个年轻人，已经成了城里最受欢迎的人，所有的人都信任他，认为他是个善良的好人，大家经常会把贵重的钱物交给他保管，或者请他做最重要的事。不论是什么事，这个年轻人完成得都让对方很满意。

不知从什么时候起，大家发现一个严重的问题——那个整天微笑的年轻人突然不见了，紧接着人们又发现，和他一起不见的，还有自己积攒了多年的财产。人们不约而同地聚集在一起，在小城里拉网似的找了三遍，最后只得承认——他们过去的那位朋友，已经带着东西逃跑了。他是个狡猾而可耻的骗子。

愤怒的人们很快得出了一个结论：凡是善解人意、理解别人、能和他人交流、愿意帮助他人的人都是骗子。于是，这座城市出现了历史上最大的一次混乱，所有那些向别人微笑、愿意听别人说话、愿意帮助别人的人都被毒打一顿后捉拿归案，扔进监狱里。

不久后，小城恢复了正常。

又一天早晨，赵小六扛着一根木头走到一个大上坡时，就开始后悔——早饭前选择最重的这根木头很显然是犯了个愚蠢的错误。虽然明知道没有人会帮助他，赵小六还是下意识地向街两边看了看。

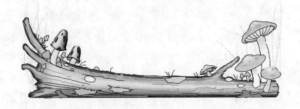

一座房子的王国

　　旅行家是无意中来到石城的，立刻就被迷人的景色吸引住了。他看见眼前一片波光粼粼，一座座圆型建筑好像就漂浮在水面上。他打算找一条船，进入小城里面。但等了很久，也没见到船的影子。

　　旅行家脱下鞋子，把裤腿儿挽起来，试着走进水里。水竟然很浅，刚刚没到他的小腿。他提着鞋子，在街道上走了一会儿，忽然觉得有什么事情不太对劲。抬头看天，天还是正常的天，天上的太阳还是正常的太阳。他拍拍脑门儿，揉揉眼睛，做了几个伸展动作，还是觉得哪里不太对劲。这种感觉让他有些恐慌。他换个方向，又向前走了一会儿，异常的感觉更加强烈。他停下来，前后左右地看了看，突然意识到，这座小城静得出奇，从走进时起，就没看到一个人。难道这是一座空城？旅行家的肚子饿得咕咕叫起来，他沿着街道向前走，打算找一家店铺，但很快就惊讶地发现，街道两边的房屋中，没有一家店铺——不管是饭店、旅店还是商店。这非常奇怪。

　　旅行家站在水里发呆时，旁边的一座房子开了一扇窗，有一颗脑袋从窗口里伸出来，冲着他狐疑地看着。旅行家说："你好！"那人不说话，也许是没听懂他的话，旅行家又说："请问，哪里可以找到吃的东西？"那人还是不说话，直愣愣地看着他，面无表情。旅行家以为对方没听清，向前走几步，又问："我可以找到饭店吗？"那人的脸上忽然漾出微笑，说："欢迎你来到我的国家，你是光临我国的第一百零二位客人。"

　　那座房子的门很快打开了，刚才那个人热情地把旅行家迎进房子。旅行家看见，屋子非常大，迎面挂着一张主人的巨幅照片。旅行家刚要往屋子里走，主人的脸忽然严肃起来，冲着他庄重地伸出手说："尊敬的客人，我代表我的国家，欢迎你的到来。"旅行家握住主人的手说："你好，谢谢！"主人公事公办地提醒说："对不起，我是国王，按照礼节，你应该说国王陛

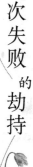

下你好。"旅行家没想到自己会走进一位国王的宫殿里，于是他按照晋见国王的礼节行了礼。国王笑容可掬地拉着他的手，走进一个小房间，转身走了出去，再回来时，手上托着一盘食物。旅行家说："谢谢国王的盛情！"那人笑笑摇摇头说："你错了，我现在不是国王，是饭店的老板，吃这些食物你需要付钱。"旅行家虽然觉得奇怪，但因为肚子很饿，还是狼吞虎咽地吃起来。旅行家付账后走出房间，老板恭恭敬敬地弯下腰说："尊敬的客人，我是导游，请允许我带您参观我国的风光。"

　　旅行家跟随着导游一路走去，每到一处，导游都详尽细致地给他作介绍。让他万分惊讶的是，在这座房子里有许多房间，每一个房间起的名字都非常奇特。门口挂着的牌子上写着公园、商店、学校、电影院、医院，甚至还有一座工厂。每到一个房间，主人的身份就会临时改变一下，在公园就是园长，在学校就是校长，在商店就是经理……最后，导游带着他走进一个门口写着博物馆的房间，博物馆馆长给旅行家详细介绍了国家的历史。这时，旅行家才搞明白他刚才看到的那张主人巨幅照片，正是这个国家的国旗。旅行家在这个国家的地图上惊异地发现，原来，这座房子就是一个国家，领土包括房屋和一小部分水域。他恍然大悟，刚才在街上向前走了几步后，无意之中踏上了这个小国的领土，才成了人家的客人。

　　这座水上小城让旅行家越来越着迷了，他拉着主人的手——这时他是位导游，问："在这座小城里是不是还有其他一些这样的国家？"导游摇摇头说："不是很清楚，也许有，只要他们不侵犯我的领土，就和我国无关。"旅行家突然想到一个问题："那么，你和别的人，我是说你的国家与别的国家，没有任何来往吗？"导游点点头："是的，目前，我国还没有与他国建立外交关系。这是历史的原因，你刚才也看到了，每个国家都是独立的，国与国之间隔着海，那是公海。因为海水的阻隔，我国与他国不便交往。"旅行家想到了刚才没到自己小腿的水，说："那水很浅，根本就不是什么海，你们之间可以轻易地往来。"导游突然严肃起来，又拿出了刚才国王的派头说："很遗憾，即使没有海，我国也不便干预别国的内政。"

　　旅行家结束了对这座房子——这个独立王国的参观访问，国王正式地向他告了别，微笑着把他送到房门口——国门口，看着他走到街上后突然严肃起来，好像根本就不认识他似的。

　　旅行家知道，自己已经来到了公海上。

追踪

一个冬天的早晨，胡老三拄着一只拐，低着脑袋，在石城的大街上一路走过，不时会有人问他一句："老三，你找什么？是丢了金子，还是掉了银子？"头天夜里下了一场雪，胡老三不抬头，脸上笑眯眯的，眼睛盯着被雪覆盖的街面回答："不找金子也不找银子，找老婆，她和毛驴一起不见了。"

胡老三表情严肃，穿过石城，走上城南的大路时，几个孩子围上来问："胡老三，你找到老婆没？"胡老三赶忙挥挥手："小孩子别跟着瞎掺和。"一个孩子问："胡老三，你老婆又不能埋进雪里，你为啥盯着雪地看？""你们懂什么？地上有脚印，我跟着脚印准能找到老婆。"几个孩子也盯着地上看，没发现脚印，只有一串驴蹄印。"胡老三，你跟着驴蹄印干什么，你老婆又没长驴蹄子。"胡老三笑一笑，抬起手拍拍一个孩子的脑瓜顶，"我老婆不见了，驴也不见了，从我家到这儿只有驴蹄印，这说明她是骑着驴走的，我先找驴，找到了驴，就能找到老婆。"胡老三一直向南走，慢慢地就变成了一个小小的黑点，消失在孩子们的视线里。

胡老三跟着驴蹄印走到一个岔路口，驴蹄印消失了，路上出现了两道车轮印。胡老三就沿着车轮印走。走出几十米，王二麻子挑着豆腐挑子靠过来，在胡老三的肩膀上拍一巴掌，吓了他一跳。"老三，大早晨的你这是找啥呢？"胡老三说，找驴，找老婆。王二麻子就笑了，"老三，到底是找驴还是找老婆，要是找老婆你跟着车轮印干什么，难道那娘儿们昨晚上长出了两只车辘辘？"胡老三冲王二麻子瞪眼睛，"老二，你放屁，你老婆才长车辘辘。我老婆是骑驴走的，驴蹄子正踩在车轮印上，跟着车轮印就能找到驴，找到驴就能找到我老婆。"

老三跟着车轮印走到一个十字路口，车轮印弯向一个村子，他也跟着拐了弯。在村口，车轮印不见了，出现了一些牛蹄印，他就追着牛蹄印走进村子。村子里，不时有人问他找什么。他随口答："找牛！""是啥样的牛，公牛还是母牛？"胡老三答："是头母牛。"穿过村子，牛蹄印消失了，出现了一些猪蹄印，他就顺着猪蹄印走……

　　胡老三重新出现在石城是在三天以后，地上的雪已经全部化掉了，到处一片泥泞。胡老三低着脑袋走得步履匆匆，和李二寡妇撞了个满怀。李二寡妇手一撒，一只鸡蛋掉到地上，摔碎了。"缺大德的胡瘸子，你没头苍蝇似的一拐一拐地乱撞什么？"胡老三说："我没乱撞，我找一辆自行车。"李二寡妇说："你不是要找老婆吗，找哪门子的自行车？"胡老三似乎没听到她的话，一阵风似的从街上刮了过去。

　　胡老三又一次出现在石城的大街上已经是春天了，几个孩子围上他，"胡老三，胡老三，你老婆回来了，还有你家的驴。你老婆没丢，驴也没丢，他们是回了娘家。"胡老三衣衫褴褛，蓬头垢面，一手拄着拐，仰着脖子往天上看。"胡老三，你往天上看什么？""我在跟踪一群蜜蜂。"胡老三看一会，脚下使劲，飞也似的往前赶。"你跟踪蜜蜂干什么？""找花。""找花干什么？""找三个喜欢戴花的女人。""找三个女人干什么？"胡老三不再回答，一拐一拐地往前走。走到城北的一座小桥上时，胡老三的老婆从后面追上来，拉住他的一只胳膊，"老三，老三，咱回家。"胡老三往天上看了看，一把推开老婆，继续往前走。老婆又追上来，"都怪我，那天走得急，没告诉你一声。"胡老三又往天上看了看，把老婆推倒在桥上，急三火四地往前走。胡老三的老婆坐在地上拍着大腿哭，爬起来时，胡老三已经不见了。

　　这次，石城的人们得出结论，瘸子胡老三疯了。

　　日复一日年复一年，胡老三始终没有停止他的追踪。经常有人嬉笑着问："疯子，你现在又找什么？"胡老三的回答千奇百怪，天上飞的，地下跑的，草窠里蹦的，水里游的，动物、植物、交通工具无所不有。甚至有一次胡老三追踪的是一缕东南风。

　　几十年过去了，先是胡老三的老婆得病死掉，然后李二寡妇、王二麻子也相继去世。石城和胡老三年纪相仿的人都纷纷离开了人世。当年围着他的那些孩子也都有了自己的孩子。但胡老三却依旧活得精神抖擞，每天都在一条条街道上奔走追踪。他拖着长长的白胡子，弯着虾米似的腰，挂

最具中学生人气的微型小说名作选

着一只拐，表情严肃，目光深邃地行走在人们的视线里。偶尔停下来乞讨一些食物，一点水，然后又匆匆忙忙地接着往前走。

又过了好多年，有一天早晨，胡老三和初升的太阳一起出现在石城的大街上。几个孩子像当年那些孩子一样围住他，"疯子，疯子，你找什么？"胡老三伸出手，拍拍一个孩子的脑瓜顶，笑眯眯地说:"我呀，找一个拄着一只拐的瘸子。"

一次失败的劫持

解释

　　石城北街肉铺的掌柜王二麻子，是个精明的生意人。比如说，他家里没有钟也没有表，每天早晨都拿李老三计算时间。卖豆腐的李老三像一座精准的钟，每天挑着豆腐摊走到肉铺前面时，刚好是七点整，误差绝对不会超过一分钟。李老三一般会放下挑子，两长一短地喊三声。如果肉铺里没人出来，他立刻走人。

　　这天，李老三喊完了三声后，没有马上就走，又喊了第四声。声音和卖豆腐的吆喝一样响亮，而且也是一波三折："王二——麻子——唉！"听起来，好像是今天他的挑子里新增了一项叫"王二麻子"的豆腐品种。

　　王二麻子闻声而来，抹一把泛着油光的麻脸看着李老三问："三哥，喊我有啥事？"李老三说："二哥，我要和你说句话。"他们年纪相仿，这样称呼是客套，也有点玩笑的成分，倒把旁人叫得晕头转向。

　　王二麻子说："三哥，有啥事你说，咱哥俩谁跟谁！"

　　李老三的嘴张了三次，闭了三次，使劲咽口唾沫，"二哥，昨天的那件事我得跟你解释一下，其实我没有那个意思。"

　　王二麻子点点头，傻乎乎地看着李老三。

　　"二哥，我那句话不是冲着你说的，你千万别往心里去。"

　　王二麻子摸摸脑袋，傻乎乎地问："三哥，你说的是啥事？我咋想不起来了！"

　　李老三脸色一变，带了点怒色，"二哥，眼巴前的事，你咋可能忘了呢？是不是你真生了我的气？"

　　"老三，我还真忘了，我猪杀多了，大伙都说，我的脑子有点像猪脑子。你给我提个醒。"

　　李老三脸涨得通红，很艰难地把昨天的事重复了一遍，边说边偷眼看王

最具中学生人气的微型小说名作选

二麻子的反应。王二麻子听了哈哈大笑，笑得满脸的麻子都跟着眉飞色舞。他越笑，李老三的脸色就越难看，终于忍不住吼道："王二，你是不是觉得我很可笑？"

王二麻子这才停住笑，打着哈哈说："三哥，那事我根本没往心里去。"

"那你干啥要笑？"

"我笑是觉得你有意思，大老爷们儿心眼儿倒像个老娘们儿，一点鸡毛蒜皮的事也往心里去。"

"我没往心里去，是怕你往心里去。"

"我没往心里去。"

"我是怕你误会了我的意思，向你解释一下。你真没往心里去？"

"真没往心里去。"

"我怎么觉着你有点儿往心里去了呢。"

王二麻子听到这句话脸色就一沉，说了一个字："靠！"

李老三的脸也紧跟着一沉，"王二麻子，你怎么张嘴就骂人？"

"李老三，我没骂人，这是口头语，打生下来就这么说。"

"王二，你和你爹说话也带着零碎？"

"李老三，你不是东西。我爹死三年了，你干啥扯到他身上？他老人家好生生地在骨灰盒里躺着，是招你了还是惹你了？"

李老三开始挽袖子，王二麻子也开始挽袖子。两个人都瞪着眼，眼睛里充血。

两人马上就要赤膊上阵时，张二嫂、刘四哥、胡大姐、赵小六围上来劝架。四个人了解了情况，分成两派，张二嫂、刘四哥支持李老三；胡大姐、赵小六支持王二麻子。开始他们七嘴八舌地围着李老三和王二麻子说，说了一会儿就互相对着争论。争来争去，刘四哥开始挽袖子，赵小六也开始挽袖子。胡大姐倒没挽袖子，张嘴冲张二嫂的脸上吐了口唾沫，说了一个字："呸！"张二嫂立即回应了一口唾沫，说了两个字："贱货！"

刚才已经挽好袖子的李老三和王二麻子率先打到了一起，紧接着刘四哥和赵小六也战到了一处，胡大姐抬手给了张二嫂一巴掌。

六个人在肉铺门口打得昏天黑地，难解难分。踩烂了李老三的豆腐摊子，撞倒了肉铺的两根柱子……

这天后，李老三一连一个月早晨再不经过王二麻子的肉铺。王二麻子不能拿李老三对时间，好几天早晨都睡过了头。

一个月后的早晨，七点整，肉铺门口响起了李老三的吆喝声。喊的不

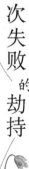

一次失败的劫持

是豆腐，而是："王二——哥——唉！"

王二麻子看见李老三，有些不好意思，讪笑地叫了声三哥，李老三显得更不好意思，喊了声二哥。

李老三说："我想和你说句话。"

王二麻子说："有啥事你说，咱哥俩谁跟谁！"

李老三说："一个月前的事，我琢磨着，还得和你解释解释！"

最具中学生人气的微型小说名作选

魔术师的房子

　　魔术师是牵着那座房子走来的。开始，人们都以为跟在他身后的是一条狗，肉铺掌柜王二麻子还慷慨地扔过去一块肉骨头。房子长着狗脑袋、狗身子、四条狗腿，还有一条会摇晃的狗尾巴。

　　魔术师把房子牵到城中心的十字路口上，蹲在地上抽完一斗烟，眯着眼看了一会儿石城上空的太阳。站起身，笑眯眯地扫视一圈围观的人们，咳嗽一声说："谁想第一个走进去？"没有人回答，谁也想不明白，一个人怎么能走进一条狗的肚子里。魔术师笑了笑，用手拍一下狗脑袋，狗的嘴巴缓缓张开，变成了一道门。

　　打短工的赵小六撇撇嘴问："吃饱了撑的咋地，俺们为啥要进这座怪房子？"

　　"这是座神奇的房子，里面有你想要的东西。"

　　"我想要老婆，里面也有吗？"

　　"有，除了老婆，还有其他你想要的东西。"

　　赵小六从人群里走出来，紧紧裤带，弯腰走进了房子里。

　　人们都盯着房门，等着赵小六带着老婆从房子里走出来。

　　魔术师拍拍房子问："找到老婆了吗？"房子里有人回答："找到了，一共三个，一个大老婆，两个小老婆。"是赵小六的声音。

　　魔术师满意地点点头，"他找到了想要的东西，不会再出来了，谁想第二个走进去？"

　　王二麻子拍着自己的大肚子问："俺想要个一百头猪的养猪场，一个宽敞的大肉铺，里面也有吗？"

　　魔术师点点头说："有，里面应有尽有。"

　　王二麻子往回缩了缩肚子，走进了小房子。卖豆腐的李老三挤挤眼睛

23

问:"里面还有地方没？俺想要钱，好多好多的钱。"魔术师笑着看看他，"我说过，这是座神奇的房子，里面很宽敞，能装得下所有人。"李老三第三个走进了房子里。

人们不知不觉在房子前排起了队。

第四个人想要当官，第五个人想拥有天下所有的美女，第六个人是位体弱多病的老者，想要长生不老，第七个是个女子，想要最美的容貌，第八个是算命的瞎子阿三，想要一双好眼睛……

第十个人刚走进房子，有两个捕快分开众人，厉声对魔术师说:"根据本城法律规定，任何人不得随意在街头表演，我们要没收你的房子，带你去见老爷。"魔术师伸出手，冲着两个人抓了一把，将什么东西扔进了房门里。横眉立目的捕快转眼变得和颜悦色，自动排到了队伍后。众人疑惑不解，纷纷询问。魔术师回答说:"我把法律扔进了房子里，从现在起，大家都可以不再受法律的约束。"

三天三夜后，全城的人们一个跟着一个都走进了房子里。

房子外面除了魔术师，只剩下了一个人，就是北街的傻子阿木。几天里，阿木一直歪着脑袋，看着那座房子笑，却不肯走进去。魔术师拍拍阿木的肩膀问:"你为什么不进去？"阿木疑惑地看看他，"我为什么要进去？"

"房子里有你想要的东西。"

阿木摇摇头:"我不知道自己想要什么，我什么也不想要。"魔术师叹口气，不再说什么，弯下腰，把房子前的街道慢慢地卷起来，一点一点地往房门里拉。整个石城从四个不同的方向缓缓被拖进了房子里，最后，石城彻底消失了，就像它从来就没存在过一样。

阿木傻乎乎地看完了这一切，笑嘻嘻地走过来，拍拍魔术师的肩膀问:"那你呢，你想要什么？"魔术师摇摇头，"我和你一样，也不知道自己想要什么。"说完，魔术师像来时一样，牵着那座房子离开了。

荒诞

舞台剧

桥

　　我去见一位朋友，他住在皇家花园A座，那幢楼像一根长方形的大钉子，笔直笔直地钉在城市的中心。我住的皇家花园B座像另一根长方形的大钉子，被钉在A座的旁边，A、B两幢楼呈直角形排列，我们刚好住在直角的顶点上，都是二十层。我家的阳台斜对着朋友家的阳台，我们经常能在阳台上见面。我们站在阳台上时，直线距离大约不会超过三米，偶尔，我们会把自己的烟扔给对方。

　　开始，我们在阳台上遇见时只是点点头，笑一笑。后来就开始说天气不错什么的，最后我们每天都会到阳台上聊会儿天儿，说些乱七八糟的话题。这时候，我们都渴望能面对面地交谈，握一握对方的手。

　　从B座到A座非常容易，只需上电梯，下电梯，然后再上电梯，再下电梯，就可以了。两个楼间的距离不超过二十米。

　　我乘电梯下了二十楼，从B座走出来时，发现外面下起了大雾。刚才在楼上时还没看到雾，雾大概是在我乘电梯时下起来的。雾很大，我失去了方向感，近在咫尺的A座也在雾中消失了。我凭着感觉向A座走，走了大约十几分钟后，发现雾已经散了，我看见自己走错了方向，停在了A座左侧的一个花坛旁边。我看看方向，再次冲着A座的楼门笔直走过去，走出十几步后，雾气又弥漫开来，A座再次在雾中消失了。我按照刚才看好的方向，又走了十几分钟后，雾气散开了，我看见自己停在了A座右侧的另一个花坛旁边，离A座大概几十米远。

　　我记下方向，再次走向A座，十几分钟后，我看见自己进了一幢楼里。这幢楼不是A座，而是B座。我无可奈何，只得上了电梯，回到二十层的自己家里。满头大汗地跑到阳台上。朋友正在阳台上抽烟，他见到我很惊讶，问我怎么还没动身。我告诉他雾很大，我迷了路。朋友把脑袋从窗口探出

一次失败的劫持

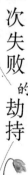

27

来，上下左右地看。其实不用他看，我也早就发现了，二十层的高空中根本就看不到一点儿雾的影子。朋友说："你等我，我马上去你家。"我说："好，我等你，你快点来。"

我站在阳台上等了很久，边等边注意听着门铃声。门铃一直没有响，又过了一会儿，满头大汗的朋友出现在对面的阳台上。他说："雾确实很大，我也迷了路。"我说："怎么办呢？我们应该握握手。"朋友说："我有个好办法。"说完朋友离开了阳台。十几分钟后，我看见他又出现在阳台上，肩头上扛着一块大木板。

朋友说："我们在空中搭一座桥，这样就不会迷路了"朋友把木板递过来，我接住，搭在我家的阳台上。朋友拍拍他那边的木板说："现在好了，我们可以从这座桥上走过去。"我也拍拍我这边的木板说："这主意真不错，这是座非常漂亮的桥。"

我们俩夸了一会儿桥后都不再说话，拿眼睛看着对方。

过了好久好久，我和朋友一起说："那么，我们俩谁来过桥呢？"

完 成

老文第二次昏倒醒来后，医生告诉他立刻出院回家吧！治疗已经没有什么意义了。老文点点头，说"明白了"。医生又对老文的老伴儿说："他想吃点啥就给他吃点啥吧，日子已经不多了。"老文就在一只只哭得红肿的眼睛保护下，回了家。

老文回家后的第五天，过了五十岁生日。生日过完的第二天早晨，老文突然失踪了，和老文一起失踪的，还有两万元钱。

家里人报了警、登了报、上了电台、电视台、网上发了帖子，使用各种方法连续找了两个月，看了五六具无名尸体后，放弃了寻找。他们一致认为：身患绝症的老文是在用自己的方式走完剩下的人生之路，这应该是老文的自由。老文的老伴儿说，老文这辈子最大的愿望就是写一本书。经她这么一说，大家的脑海里就都出现了一幅老文与死神赛跑、日夜写书的场面，大家的眼圈儿都红了。

老文乘火车走了三天三夜，又乘汽车走了两天两夜，最后在一个偏僻的北方小镇上落了脚。从那天起，小镇上就多了一个酒疯子。这个人每天一到中午就拎着一瓶酒，喷着满嘴的酒气，站在镇子的一个小广场上，喝酒骂街。开始，镇上有几个小伙子，火气很盛，听到他骂，走上去搡他一拳头问："老东西，你骂谁？"酒疯子毫无惧色，高声答道："我一个要死的人了，想骂谁就骂谁。"小伙子摇摇拳头，威胁说："再骂一句，我就修理你。"酒疯子哈哈大笑："要死的人了，还怕你收拾？"小伙子把拳头举了几次，到底还是没有落下去，骂他一句，转身而去。

镇上派出所的两个民警曾经三次把老文带回去，盘问他的姓名、年龄、家庭住址。老文每次的回答都一样，死人没有姓名，没有年龄，更不可能有住址。民警看老文的表情，不像是开玩笑，最后也放弃了盘问。酒疯子

目前还没有暴力倾向，只要不出大格，就让他在广场上骂去吧！

偶尔，会有几个小孩子走近老文身边，细声细气地问："老爷爷，你在这里干什么？"这时候，老文就不再骂，看着孩子一阵大笑，说："我在等死。"小孩子又问："老爷爷，死是什么东西，你干吗要等它？"老文用手比划着说："死是一个怪物，它来了，就一口把人吞下去，想跑也跑不了。"小孩子吓得哭起来，撒腿跑掉了。

后来，镇上又出现了一个女疯子，是个流浪的乞丐，每天和老文一起站在广场上骂街。开始他们各人骂各人的，比着谁的嗓门儿更高。后来，就互相对骂，你来我往，各不相让。女疯子骂，"你滚！"老文骂，"你滚！"女疯子骂，"你不是人"。老文骂，"你才不是人"。骂了几个月后，到底还是女疯子首先消失了，广场上又剩下了老文一个人。

酒疯子老文在镇子上一连骂走了三个春天、夏天、秋天。在第三年冬天的一天夜里，老文酒醒后拍拍脑门子，发现有点儿什么事不对劲儿。他又使劲掐了把大腿后，终于在疼痛中想起来，自己竟然还没死，这很不正常。第二天早晨，他就离开了小镇。

一天中午，老文的老伴儿听到敲门声，打开门，看一眼站在门口的老文，当时就晕倒在地。家里人立刻把老文和他老伴儿一起送到了医院。

老文的老伴儿很快就醒了过来。给老文检查的还是三年前的那位医生。医生检查了几个小时，又让老文拍了一大堆片子后，非常诚恳地承认了当初的误诊。并表示，他会为此事负他应负的责任。老文和家人听到这句话时，首先想到的不是要追究医生的责任，而是庆贺老文得到了第二次生命。大家的脸上都绽放出开心的笑容。但医生的表情却还是很严肃，他紧皱着眉头说，上次的病确实是误诊，但这三年里，因为饮酒过量，他得了肝癌，而且，已经是晚期了。

和三年前一样，老文在一只只哭得红肿的眼睛的保护下，回了家。

当天晚上，老文开始写书。书写到一半儿时，老文再次被家人送到医院。在医院的病床前，老伴儿抓着奄奄一息的老文的手说："老头子，老天不公平，你的命可太苦了，一辈子就这么一个心愿，到底也没完成。"老文淡淡地笑了笑说："其实，我的心愿，已经完成了。"

一次失败的劫持

　　我把那个孩子弄出来时正是一天里最热的中午。

　　知了的叫声锯似的割着我的耳膜，一只黄狗蜷缩着在树下午睡，我走过它的身边时，它竟然毫无察觉，我冲它撇撇嘴，立刻断定这是个不值一提的蠢货。孩子的父母也在午睡，他们醒后发现孩子已经不翼而飞时就会后悔，在抢走别人的孩子后，午睡真不是什么好习惯。

　　一路上那孩子都在睡觉，均匀的鼻息痒痒地吹在我的脸上。这让我不由自主地想起我的孩子们，不知道他们现在怎么样了。

　　我把那个孩子轻轻地放在妻子的面前，妻子默默地看我一眼。我立刻把头扭到一旁，我不敢看她红红的眼睛，昨晚她哭了一夜，把所有的眼泪都哭干了。在她的哭声里我想到了劫持一个孩子换回自己孩子的主意。

　　妻子望着那个孩子默默地发呆，从昨天开始，发呆就是她对这个世界唯一的认知方式了，我不知道除了发呆她还能做什么。我很理解她此时的心情，一颗母亲的心已经破碎了。我说了一句："如果三个钟头内还不见我回来，你就把这个孩子杀掉吧！"说完我悄悄地走出家门，边走边想着下一步的行动计划。按常理那人应该能够自动找上门来，但如果他像那只黄狗一样愚蠢的话就很难说了。

　　我想，如果那人能够发现我故意踩下的脚印，就会自然而然地找到我。但我对他的智慧并不抱太大的希望，所以我打定主意主动去找他。在树林的边缘我不由自主地停了下来，因为我突然感觉到了空气中一种熟悉的气息，昨天留在我家里的，正是这种气息。在前面几十米的地方我见到了那个人，他正赶着一头牛在耕地。看来我估计的没错，他还没有发现自己的孩子已经被人劫持了。

　　我缓缓地走向那个人，现在最需要的就是冷静和勇气，因为我是一个父亲。最先发现我的是那头牛，它恐惧地喷了一个响鼻，这时那个人也看到了我，吓得一屁股坐在了地上。

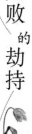

我默然地看了看他，咧开嘴向他笑了笑说："你好，先生，你可能还不知道你的孩子已经被我劫持的事吧？"他不说话，惊恐地看着我。

我接着说："如果你想要回你的孩子，就把我的孩子给我送回来吧！我以一个父亲的名义起誓，我不会伤害你的孩子。我们来一个公平的交换好吗？"为了让他能够进行正常的思维，我向后退了两步。

我说："你应该能理解一个父亲的心情，而你的妻子也应该能理解一个母亲的心情。因为孩子的事，我们很难过。"

他终于从地上坐了起来，胆战心惊地说："你是说你劫持了一个孩子？"我点点头，"是的，他是你的孩子。"

他说："你不想伤害我，只想换回你们的孩子？"我又点点头说："请你考虑一下吧！"他说："好吧，我同意你的要求，你在这里等着我，我马上就把你的孩子送回来。"说着他赶着他的牛出了树林。

我等着他时心里想，当父母的心情果然是一样的，孩子是未来，是希望吗！我甚至为自己想出的这个主意自鸣得意起来，但任何时候沾沾自喜都是不明智的，等我发现一个黑洞洞的枪口对准我时，一切已经来不及了。

出现这样的情况是我始料不及的，有几秒钟的时间我的头脑一片空白。但很快我就镇定了下来，看着他和他端起的枪口说："你为什么要干这样的蠢事呢？如果我不回去我的妻子就会杀了你的孩子。"

他淡淡地笑了笑说："孩子，我老婆明年就能给我再生一个，但你和你的孩子却能给我换来一大笔钱，你以为我会愚蠢地和你交换吗？"

听到这句话时我知道我犯下了一个致命的错误，我不该用自己的观念衡量他的观念。我不由自主地闭上了眼睛，就在这时我听到了一声枪响，空气中立刻弥漫了一股刺鼻的火药味。右腿上一沉，我随之倒在了地上。脚步声传了过来，但想抓到我没有那么容易，在他走到我眼前的一瞬间，我腾身而起，箭一样地射了出去。

我流着血跑到家门口时，用力喊了一句："杀死那个孩子！"但家里却传出了妻子的喊声："不！不！别忘了，我是个母亲。"我看到，妻子正把那个孩子搂在怀里，慈爱地抚摸着他的后背，而那个孩子的嘴里正含着妻子的一只乳头。

此时，作为一只狼我只得承认，妻子的选择是正确的，她是个伟大的母亲。

最具中学生人气的微型小说名作选

怪物

春节前接到弟弟一封信。

"哥，见字如面。最近临江市里出了一件怪事。"

绿柳街得意楼的吴老板，就是二十几年前卖豆腐的吴麻子，我们俩跟在他后面学过他的吆喝声，也就是想跟你搞对象的那个吴二丫她爸，听说这家伙靠往菜里放大烟壳子发了财。有一天晚上，吴老板睡在一位二奶家里，这个二奶你也认识，就是你的小学同学魏小红，你可能不承认，但我知道，你暗恋过她。吴老板睡到半夜时被一个梦吓醒了，出了一脑门子的白毛汗。魏小红也醒了，是被吴麻子捏醒的。当时，他的一只手正按在魏小红的一只乳房上，在梦里较了劲。魏小红在临睡前刚刚和吴麻子提出了临江别墅的事，遭到了拒绝，所以被弄醒了就有点儿不满。骂了吴麻子一句："缺德。"吴麻子告诉她自己做了一个怪梦，梦见孙子吴小宝让一个大脑袋怪物一口吞进了肚子里，他怎么抢都没抢回来。魏小红就又骂了他一句："有病。"吴麻子发了一会呆，想了想，觉得自己确实有病，一个梦还能当真吗？

也是这天晚上，绿柳街德生药房的李老板也做了一个梦，他就是二十几年前劁猪骗狗的李兽医，我们俩跟在他的后面看过热闹，小时候咱家那条黑狗就是他骗的。他当天在另一个城市收了一批劣质药材，心里高兴，盘算着回去后又能狠挣一笔，请人吃饭时就多喝了几杯，喝完了借着酒劲到发廊里领回了一个小姐，折腾半宿后睡下了。李老板睡到半夜时被一个梦吓醒了，出了一脑门子的白毛汗，他梦见孙子李小民让一个大脑袋怪物一口吞进了肚子里，他怎么抢都没抢回来。

还是这天晚上，你初中的同学赵钢铁也做了个梦。你知道的，这小子从小就调皮捣蛋，打爹骂娘，咱们俩小时候合伙揍过他。现在赵钢铁成了临江市里的一霸，平时在大街上摇着膀子横晃，谁也不敢惹他。那天他在

一次失败的劫持

一条胡同里抢了一个人，抢完一棒子把人家打晕了。当晚，他数了一遍抢到的钱，一共是三百零六块五，他骂了一句穷鬼，然后睡下了。睡到半夜他被一个梦吓醒了，出了一脑门子的白毛汗，他梦见儿子赵义让一个大脑袋怪物一口吞进了肚子里，他怎么抢都没抢回来。

天刚蒙蒙亮时，吴麻子接到儿子吴大强的电话，他的孙子吴小宝失踪了。早晨，李老板也接到家里的电话，孙子李小民失踪了。最奇怪的是赵钢铁的儿子赵义，当晚赵钢铁就睡在儿子旁边，早晨醒来一看，儿子没了。我不多说了，告诉你一个数字，这天早晨，临江市一下子失踪了一百个孩子。这些孩子的家长有你认识的，像你的高中同学钱飞，这家伙靠倒卖假烟发了财；也有你不认识的，像副市长高升，据说是个贪官。有一点相同，他们在头一天晚上都做了那个有关怪物的梦。

市公安局接到一大串报案后着手进行了调查，结果一无所获，一丁点线索都没找到，一百个孩子好像突然从人间蒸发了一样。

哥你知道，江边不是有个望江寺吗，寺里有一座挺高挺高的镇江塔。我要说的是，寺里那个老和尚，就是小时候我们俩偷偷敲钟，他冲咱们念阿弥陀佛的那个老和尚。谁也不知道他多大岁数了，好像一百岁也不止。出了怪物这事三天后的一天中午，他突然走进了吴麻子家里，念了一句阿弥陀佛后说了一句："不是不报，时候未到。魔由心生，回头是岸。"说完了，转身就走。当天老和尚又跑到其他九十九个孩子的家里说了这句话，弄得神神道道的。

老和尚走后的当天晚上，你初中同学赵钢铁到公安局投案自首了。交代了抢劫钱财的罪行，又把几年来犯下的罪孽全部坦白出来，当时就被关进了号子里。我要说的是十几天后法院公开审理他的案件时，旁听席上他的老婆身边就坐着他失踪的儿子赵义，这孩子莫明其妙地回来了，像失踪时一样，令人摸不着头脑。

现在这事还没完，开始失踪的那一百个孩子有一些像赵义一样突然回来了，有一些一直也没回来。临江市里又不断有别的孩子突然失踪。现在，望江寺里香火很旺，每天都有人烧香磕头，抽签还愿。老和尚一视同仁，谁来都念阿弥陀佛，说那句："不是不报，时候未到。魔由心生，回头是岸。"

看完这封信后我火速给父母打了个电话，告诉他们我三天后就回临江市，我要去西山精神病院看看我弟弟，马上就要过年了，他的病情有可能会加重。

感情

房间里有些昏暗，杀手A静静地坐在沙发上，今晚对付的人非比寻常，他需要立即知道结果。A看上去有些落寞，自从有了B后他经常会觉出一丝落寞，他想，一个杀手不去杀人，就会觉得落寞。有时候他甚至有些后悔，当初就不应该花大价钱搞来B。

B是突然出现在他身后的，无声无息地犹如一阵轻风。但A还是知道B已经回来了，他面前的一盏指示灯亮了起来。

"办成了？"A没有转身问。这句话问得有些多余，B还从未失过手。沉默，B不知为什么没有回答。

"办成了吗？"A转过身来问。

"失手了。"B低着头说。这是B第一次失手，A想不清楚究竟会是什么原因。A的两道目光尖刀一样扎在B的脸上，等着听B的解释。B依旧无语，好久才说了句："主人，我愿意接受惩罚。"

"是不是那女人身边有高手保护？"A说。

"没有。"B摇了摇头。

"那为什么会失手？"

"那女人旁边睡着一个孩子。"

A突然笑起来，笑得有些怪异，"一个孩子，一个几个月大的婴儿对吗？"

B点点头说："对，孩子正在吮着妈妈的乳头。"A的笑声戛然而止，声音冷得像铁，"你是因为可怜那个孩子才失了手，对不对？""是的主人，你可能忘了我们俩之间的关系。"

"我没忘，但你知道这个女人活着对我们来说意味着什么吗？"

"我知道，她会出卖我们。我可以代替你去死，求你放过女人和孩子吧！"

　　A无语，开始迅速收拾衣服和用具，几分钟后A站在屋门口背对着B说："跟我走。"然后消失在夜色里。B无声地跟了上去。

　　卧室里，女人和孩子睡得正熟，孩子的嘴里还吮着妈妈的乳头，一只小手放在妈妈的肚子上。床头的墙上挂着一张照片，照片上是女人、孩子和一个男人。A示意B摘下墙上的照片，B默默地做了。

　　A看了一眼照片，脸上挂着淡淡的笑容，抽出身上的匕首准确地刺进了女人的胸口，无声无息地，仿佛插进了一团棉花里。B的身体抖了一下，他看见血从女人的胸口缓缓地流出来，流过一只乳房，又流过另一只乳房，流进了婴儿的嘴里。婴儿的嘴蠕动着，在梦中吮吸着母亲的血液，一只小手也顷刻被红色的河流淹没。

　　A的脸上依旧挂着淡淡的笑容，对着婴儿举起了匕首。

　　门外突然响起了警笛声。A惊愕地望着B说："你敢背版我？""主人，我不想让你伤害孩子。"B低着头说。A又一次举起匕首，用力插了下去。这一次他没有成功，他的手在空中被B抓住了。

　　警察冲了进来，灯亮了。

　　警察们发现屋子里站着两个一模一样的男人，两个人两只手同时握着一只匕首，一个人的手上拿着一张照片。一个老警察看了看照片，又看着两个人说："你杀了自己的妻子？"两个人都不说话。老警察说："你还想杀了自己的孩子？"床上的孩子哭了起来，脸上和嘴上沾满了鲜血，身体也被血染红了。老警察盯着两个人说："为了杀人灭口，你不顾自己的孩子，残忍地对自己的妻子下了毒手，你还有没有一点人性？"这时候，他看到拿照片的那个人身体抖动了一下，眼里流出了两行眼泪。他说："原来你也懂得流泪？"他摆摆手，示意将拿照片的人铐起来。又对另一个人说："告诉我你是什么人？"另一个人回答说："我是他的孪生兄弟，接到弟媳的电话赶来时，正看到他杀人。"老警察默默地点了点头说："请你回去协助我们的调查。"

　　几个小时后，A从警察局里走了出来，心里有些疑惑："按照自己的脑电图制成的控制芯片，这样的机器人怎么会有感情呢？"

心理素质

一艘轮船触礁后沉没了。几个幸运的人抓到了一只救生圈。救生圈在大海上漂了一天一夜，天亮时把他们带到了一座孤岛上。他们是一个女人和四个男人。

岛上长满了荒草，到处都是大石头，根本找不到一点吃的东西。几天后，他们已经饿得奄奄一息，马上就要见阎王了。也许是天意吧，一天晚上，他们奇迹般地抓到了一只兔子。但兔子太小了，只够一个人吃的，他们决定比一下心理素质，谁的心理素质最好，谁就可以独享这只兔子。

他们把昏迷不醒的兔子放在草地上，围着兔子坐在了一起。

一个瘦瘦的年轻男人最先说了话。他说："说起心理素质你们谁也比不上我，我是职业小偷，每天昼伏夜出地四处作案，要防备让失主发现还要和警察周旋，随时随地都要装出一副好人的架式。五年了，整天提心吊胆，没有好的心理素质能行吗？"

一个白白净净、五官端正的男人摆摆手，打断了他的话，说："和我比起来你的心理素质根本就不值一提，有十年了，我一直瞒着老婆和另一个女人偷情，但我一直泰然自若，没露出过一点马脚。现在我还是老婆眼里的好男人，众人心中的模范丈夫，只有我自己知道我他妈是个什么东西，你们评评，没有很好的心理素质做得到吗？"

这时一个腆胸叠肚、肥头大耳的男人开口了，他咳嗽一声说："大家都仔细地看着我，你们谁能看出来我是个贪污受贿上千万的大贪官吗？不瞒你们说，我当了三十年领导，贪了十五年了，可是一直深藏不露。至今我还是上级眼中的好下属，群众心里的好干部。前不久我还得了一面'为政清廉，两袖清风'的锦旗呢！你们说，我一天心里得装多少事啊！又怕纪检调查，又怕群众举报，在人前装腔作势、艰苦朴素，在人后贪赃枉法、

巧取豪夺，没有过人的心理素质能做得到吗？"

五人中唯一的一个女人说："呸！不要脸的东西，你的心理素质和老娘比起来还不是小菜一碟？在座的几个人，你们谁敢指天发誓没和我上过床？"小偷、模范丈夫和贪官都低下了头，他们确实都和这个女人保持着情人关系，不时地就会幽会一次。女人说："你们想想，作为一个女人我瞒着自己的丈夫，躲避着世人的眼光，多年来和你们鬼混，我容易吗？没有好的心理素质我承受得了吗？如果你们有一点良心就不该再和我争这只兔子了。"四个男人里刚才说过话的三个男人都低下了头，只有第四个男人抬着头，面无表情地看着女人。

他说："事到如今，为了这只兔子我不得不告诉你们一个真相了，其实我就是这个女人的丈夫，而且我早就知道你们和她之间的关系了，但为了能有钱，为了能当官，为了过人上人的好日子，我全都默默地忍了，你们说，最有理由吃这只兔子的是不是我呀？"

女人和另外三个男人都不说话了，他们只得承认女人的丈夫才是五个人里心理素质最好的人。女人丈夫的手伸向了那只兔子，准备拿起它，用火烤了吃。

就在他的手刚刚碰到兔子的一瞬间，一直躺在地上的兔子突然跳了起来，从他们坐着的缝隙间钻了过去，一溜烟似的跑掉了。

几个人大惊失色，叫苦不迭。这时，跑出十几米的兔子突然停了下来，坐在草地上，望着他们大声地说："几年前，我被一只老鹰抓到了这座孤岛上，侥幸逃脱后一直像鲁滨逊似的孤苦伶仃地生活着。这岛上太静了，除了野草和石头，没有任何动物，更不用说是母兔子了。好容易遇见了你们，我忍不住装死和你们玩一玩，要想吃我，你们简直是做梦，你们以为我是一只普通的兔子吗？"兔子说完，一转身跑得无影无踪了。

最后，五个人得出了一致的结论，岛上心理素质最好的是那只兔子。

最具中学生人气的微型小说名作选

真相

　　赵斯文晃着一颗闪着青光的秃头，一连在小城里转了十天，直到小城每条街道上都留下了他那颗秃头的影子后，终于在丁香街的十字路口上，扯住了李保权的脖领子。

　　赵斯文把自己的秃脑袋伸到李保权的眼皮子底下，咬牙切齿地问："李保权，你还认不认识老子？"李保权淡淡地笑了笑，"斯文兄弟，你出来了就好，今后我俩还像过去一样经营药材行！"

　　"别和我提药材行，老子出来了，从今往后你就再没好日子过。你敢不敢再说一遍，七年前那件事到底是谁的主意，是我，还是你？"

　　"时过境迁了，说这些事还有意思吗？你刚出来，晚上大哥请你喝酒，给你接风洗尘。"

　　"李保权，你放狗屁，我不稀罕你的酒，只要你一句话，出主意的是你，还是我？"

　　他们的身边很快围了很多人，大家都傻乎乎地看着，不知道发生了什么事。李保权看看周围的人，一只手放在赵斯文的手上说："斯文兄弟，这么干事情可不是你的性格，放开手，有话好好说。"赵斯文张开嘴，把一口痰吐在李保权的胖脸上。"呸！谁和你是兄弟！你算个人的话，就把真相说出来，然后我扇你七个嘴巴子，我在监狱里待了七年，一年一个嘴巴子，咱们就从此两清了。"

　　李保权看看赵斯文，笑了笑，掏出手绢，很庄重地擦净了脸上的痰，把手绢折起来，放进口袋里，冷不防喊了一嗓子："杀人了！"

　　一个警察很快跑过来，扯开了赵斯文的手，问他究竟是怎么回事。赵斯文低下脑袋小声说："没有事，我们兄弟闹着玩！"等他再抬起头时，李保权不见了。

　　李保权连夜搬了家，扔下药材行，跑到离小城一百里的一座小镇上，开了家药材店。五年后的一天早晨，他打开门准备营业时，看到了站在一根木

一次失败的劫持

杆子底下的赵斯文。那根杆子上挂着一面写着李记药店的旗。

赵斯文一步步走进店里，把李保权逼到柜台后，一字一顿地说："李保权，你跑不了，不说出真相，我就跟你一辈子。"李保权手里抓住一只算盘子，看着赵斯文说："你想听什么真相？"赵斯文吼道："你少装糊涂，十二年前的那件事到底是谁的主意，是我，还是你？"李保权一阵苦笑，"赵斯文，十几年前的事了，说不说真相还有意思吗？"

"有意思，你说出真相我就扇你七个嘴巴子，咱们就两清了。"

"赵斯文，你要是真想扇我嘴巴子，现在就来吧，我不还手，七个不够，你就扇十七个、二十七个。"

"李保权，你放屁，你不说出真相，我凭什么扇你嘴巴子？"

"赵斯文，既然你认为那个主意是我出的，那我就顺着你的意思说是我出的，你就名正言顺地扇我嘴巴子吧！"李保权说完，把自己那张消瘦的脸伸给赵斯文。赵斯文没有动手，张开嘴，把一口痰吐在李保权的脸上。李保权假意把手伸向口袋，突然把算盘子冲着赵斯文扔过来，趁赵斯文躲闪的空隙，带着脸上那口痰从后门跑了出去。

李保权跑出一百里地，一路乞讨，最后在一个小山村里落下脚，从山上挖些草药，摆起了一个药材摊子。

十年后的一个下午，太阳光把赵斯文的影子投在了李保权的摊子上。李保权推倒摊子，转身就跑。他穿过几片玉米地，越过三条小河，扑倒在一面小山坡上，张着嘴不停地喘粗气。不一会儿，他看见赵斯文倒在离他几米远的地方，像他一样地喘着气。李保权赶忙爬起来，接着跑。他翻过一座座山，穿过一个个村庄，在傍晚时分来到一个小镇上。又跑了一段路后，他看见了十年前自己扔下的那个药材店。几间房子已经倒塌，院子里长满野草，门口立着的那根杆子长成了一棵大树。李保权靠在树上喘气时，看到赵斯文一步一步挪着向他走过来。李保权挣扎着爬起来，又跑。跑了一个晚上，再跑了一个白天后，他看见自己回到了当年离开的那座小城。想着再跑时，腿已经不听使唤，"扑通"一声跪在地上。这时，他听到身后传来了"扑通"一声响，就挣扎着往前爬。在他身后，赵斯文也吃力地爬起来。最后，赵斯文终于在一个十字路口赶上了李保权。他们看到，那条街正是丁香街，路口正是十五年前的那个路口。

赵斯文和李保权背靠着背，坐在地上，两人都感觉到对方的身体像一根木柴。赵斯文用胳膊肘捅捅李保权问："你还跑不跑？"李保权没说话，他笑了笑，摇摇头。

变化

　　五年前，一只鸽子飞进我的竹林。我气鼓鼓地杀死最后一只猎狗，把肉扔在地上，骂了一句"他娘的"，然后开始看老刀带给我的信。老刀的这只鸽子太操蛋了，既不吃大米也不吃虫子，只吃肉。为了它，几年来我每隔两个月就杀一只猎狗。

　　老刀邀我去山中狩猎。

　　在森林里走了两天后我发现了老刀，我先闻到了他的脂肪味，接着看到了坐在一匹高头大马上，肥头大耳的肉食者老刀。老刀说："草食者，你还没死吗？"我没理他，率先向山里走去。

　　狩猎结束时我们捉到了一只小羊和一只小狼。老刀非要把狼分给我，他说小狼的个头看上去要大一些，算是照顾我了。我说："这怎么行呢？狼吃肉，我的竹林里没有肉，只有竹子和草。"我的话还没说完，老刀已经骑着马跑了。他一向是这个德性。几年后，他亲手抱走的那只羊吃了他。

　　这只小狼让我很苦恼，竹林里除了我算是长肉的动物外，再找不到别的动物了。我不可能把我自己杀了喂它吧！那该喂它些什么才好呢？

　　我采了些嫩嫩的竹笋，用嘴嚼碎喂给它。第一天它不吃，第二天它也不吃，第三天它已经饿得奄奄一息了。我想，如果再不吃明天早晨它就会死。当天夜里，我悄悄走到笼子旁，打算看它最后一眼。我看见小狼正一点点地把竹笋舔进嘴里。

　　从此，我的小狼开始吃竹笋。后来，它又吃起了地上的青草。它长得很苗壮，已经长成一只大狼了。性情越来越温柔，不时像羊一样"咩咩"地叫一声，很乖的。我非常喜欢它，甚至开始盼望哪一天它会给我产出些羊奶喝。

　　几年来，老刀那只鸽子像过去一样，每隔两个月就飞来送信，每次来，

它的脖子上都会挂一只小布袋，袋子里装着肉块。老刀告诉我在他的启发下，那只小羊喜欢上了吃肉，而且食量越来越大，已经吃掉了他许多只狗。最后一封信里，老刀只写了两个字：快来！

　　我带着我的狼上路了，走了好多天后，我到了肉食者老刀的领地。地面上随处都扔着白骨头。我推开老刀的小屋子，喊了一声老刀。老刀没回答，我看见一副人形的骨头摆在地上，骨头旁边站着一只目露凶光的羊。看上去我还是来晚了。我的狼这时做了件傻事，它走过去友好地和那只羊打了个招呼。我听到那只羊像狼一样叫了一声，一下子把狼扑倒，一口咬断了它的喉咙。我一个箭步从屋子里跑了出去，撒开腿跑起来。

　　跑了十几里地后，我停下来，哭了。我认识到一个事实：老刀的羊吃了我的狼。老刀的羊不但吃了我的狼，还吃了老刀。

住在楼顶上
的囚徒

　　我无意中发现，在我家的楼顶上，竟然奇迹般地生活着一只狼。

　　我看到它是在一天中午，那天我正躺在楼顶的摇椅上一边晒太阳，一边胡思乱想，猛然间一扭头就看到了囚徒。当然，那时候它还不叫囚徒，囚徒是后来我给它起的名字。当时我首先认为它是一只狗。我用叫狗的方法叫它，还试着随便给它起了名字。我说："小黑，小黑，到这来，到这来，告诉我你是谁家的狗。"被我叫做小黑的家伙突然对我呲起了一嘴雪白的牙齿，直着脖子冲着城市的天空悠长地叫了一声。这一声叫过后，我一下子从椅子上掉了下来，摔在了楼顶上。毫无疑问，刚才我听到的只能是一声狼嚎。当时我想到了这么一个问题：幸亏它还只是一只小狼，否则，我很有可能就成它的午餐了。

　　我坐在地上假装冷静地看着它，它也一直深沉地看着我。我们彼此对视三分钟后，它转身走开了。我看见它灵活地跃到了另一座楼顶上，又从那个楼顶越上了另一个相邻的楼顶，转眼间就在楼群里消失了。

　　关于这只狼的事我没对任何人提起，我估计就算我说了，别人也不会相信。从那以后，我每次爬上楼顶时手里都拿着一块骨头。有时候它就在楼顶上等着我，有时它不在。它在时我会随便和它聊几句，我说："囚徒啊，你是怎么到这来的呢？你在楼顶上跳来跳去的找什么呢？"它一般对我的话置之不理，非常投入地对付那块骨头。极特殊情况下它会停下来敌视地看我一眼，好像是在说："你怎么这样讨厌呢？啰唆起来没完没了的，让我安静地吃完这块骨头不行吗？"我说："囚徒啊！你以后就别再跑来跑去了，就在这个楼顶上住着吧，我每天都给你提供一块骨头好吗？"它对我的提议置若罔闻，吃完后舔舔嘴唇，一转身又跑开了。

　　后来，我们之间的关系亲近了一些，囚徒吃完骨头后总会在离我几米

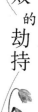

一次失败的劫持

远的地方坐一会儿，默默地看着我。我说："我还是想问问你，当初是怎么跑到楼顶上来的呢？"它不说话，扭过头去看了看远处的山，喉咙里发出了一声低沉的狼嚎。

我说："这个，这个，囚徒啊，你看今后你能不能学着像狗一样地叫呢！狗叫其实很好学的，如果从根本上讲你和狗是同一个祖先的。我来教你好吗？狗是这样叫的：'汪汪，汪汪。'"囚徒听到我的叫声后，又像第一次看到我时对着我呲起了一嘴白牙。

虽然它没有同意学习像狗一样地叫，但后来它还是留在了我家的楼顶上，不再四处流浪了。

自从囚徒在我家楼顶上长期定居下来后，我的生活开始变得忙碌起来了。在家里坐着时我总是心慌意乱的，只有爬到楼顶上看到囚徒后才能静下心来。后来我索性一整天一整天地待在楼顶上，在它的旁边看书写字。我发现，有它陪着，我的灵感像泉水一样冒个不停。

有一天晚上，我对老婆说："你看我能不能把电脑搬到楼顶上去？"我老婆没说行，也没说不行，她上下左右地看了我一阵后，一扭身走了。出门时说了三个字："神经病"。

虽然长期以来，我和囚徒的关系越来越融洽，但我觉得这还远远不够。我非常渴望能摸摸它那身灰色的毛，从小到大我还没摸过狼毛呢！

一天中午，我一直看着它吃完了骨头，感觉它的心情不错。就一点点地接近了它，它坐在原地一动不动，看起来似乎很放松。我终于走到它身边，抬起手，摸了摸它的后背。后来，很长一段时间我都为我的行为感到羞愧，我当时做了一件极不明智的事情。

囚徒在我的手落在它身上的一瞬间，身体剧烈地抖了一下。紧接着回过头闪电般地在我的手上咬了一口，然后，一阵风似的跑开了。过了一会儿，我听到远处的楼群里传来一声凄厉的长嚎。

我手上的伤口不是很深，也许它咬我时看在骨头的面子上留了情面。很快伤就完全好了。但囚徒却没有再来过。

我有时想，囚徒现在会在哪一座楼顶上流浪呢？一想到这个问题，我发现我的脸上竟然莫明其妙地流满了泪水。

一根另类的胡子

我站在卫生间里，脸上涂满了肥皂沫。肥皂沫是我刚刚涂上去的，涂了很多，几乎把我的整个脸都淹没了。我对着镜子笑了笑，心里想我现在有点接近传说中的圣诞老人了。我的右手里正拿着一把剃须刀，对着镜子隆重地刮我的胡子。我和镜子之间隔着我家的浴盆，所以我需要把脖子伸得很长，长到像一只鸭子似的，才能把脸凑到镜子跟前去。我每刮一下，剃须刀就在脸上犁出一道光滑的浅沟，这些浅沟们逐渐连成一片，让我的脸看上去有点像秋后收割了一部分的土地。严格意义上讲，我并不是在刮胡子，而是在刮肥皂沫。

剃须刀经过右眼下方时，突然地停住了，当然是我的手先停下，它才停下的。我发现右眼下面出其不意地长着一根胡子。我举着剃须刀犹豫了几秒钟，在是否把这根胡子刮掉的问题上有些举棋不定。我扭头向卫生间外看了一眼，女儿正用两只椅子做道具，跳着皮筋。老婆在卧室里对着穿衣镜，一套又一套地换着衣服。其实她只有两件衣服，但她认为这样换一下，心里会觉得很充实。她一这么说，我往往会鼻子一酸，做一个小公务员的妻子，她爱美的天性被残忍地扼杀了。

她们都没有注意到我，更没有注意到我眼睛下的那根胡子，我想我完全可以把这根另类的胡子仔细观察一下。我快速地刮完了脸上的其他地方，洗净了脸。凑到镜子前再看时，我得出了如下两个结论：一、这根胡子不是黑色的，而是金黄色的；二、它很长，跟一只普通打火机的长度相仿。

尽管我对这根胡子很有兴趣，但还是认为它长得有些不伦不类。"你说说，你说说，你标新立异地自己跑到眼睛下面去干什么？人家都规规矩矩地长在嘴巴周围，怎么就偏偏你别出心裁地玩酷呢？你没想过你擅自越界会给我平静的生活带来什么影响吗？老婆、孩子、亲戚、朋友、领导、

45

同事，大家可能都会认为我是个眼睛下面长毛的怪物，这个严重的后果你想过吗?"我这样地批评了那根胡子一番后，准备用手把它拔掉。我拉着它时先是觉出了有些痛，接下来我听到有人说:"我长在你的脸上，和别人有什么关系?"卫生间里只有我自己，我没说话，那只能是胡子说话了。"既然你会说话，那我就要问问你，你冷不防地跑到这个地方，替没替我设身处地地想一想呢?"我这样问它。胡子叹息了一声说:"放心吧!不会有人注意到你的。""我不放心，你让我怎能放心呢?"胡子发火了，轻蔑地说:"呸!你以为你是谁?"这真是一根很有个性的胡子啊!有点像少不更事时的我呢!我决定尊重它的意见，就让它待在那里。但临出卫生间时，我威胁说:"等着瞧，别人一发现，我就一家伙把你拔掉。"胡子没说话，用鼻子哼了一声，如果它有鼻子的话。

女儿已经不跳皮筋了，老婆正在恶狠狠地命令她换衣服。我从卫生间里走出来后，迎接我的是老婆扔过来的一件T恤衫。"你现在怎么越来越完蛋了，刮个胡子用了那么长时间。"老婆剜了我一眼，并没有注意到那根胡子。我凑到她的眼前故意地笑了笑，提醒她说:"你没发现我今天有点变化吗?"老婆把我推开了说:"我看你今天有点儿要犯病，穿上衣服赶紧走。"

我们的目的地是我的岳父家，每周日我们全家都会去蹭一天饭。早中晚三顿我家都不用开火，这样几年下来能省下多少钱来你算算吧!

一路上我一直提心吊胆的，鬼鬼祟祟地瞄着行人的眼睛，但似乎没有谁对我太在意，基本上连看都没看我一眼。我有些纳闷儿了，难道眼睛下面长胡子的人不是一个怪人吗?

很奇怪的，坐在一张桌子上吃饭时，岳父和岳母竟然也没有注意到我眼睛下面的那根胡子。虽然我故意大声说话，还讲了几个小笑话，但他们对我都是不理不睬的样子，也许他们对我这个吃白食的家伙早就失望了吧!即使我的眼睛下面长了一根胡子。

我和老婆躺在床上时，我心里又有了一些期待，今晚是例行房事的日子，我有机会把脸凑到她的眼皮底下。但老婆刚哼哼了两声，我就率先败下阵来。她一把将我推下去，带着愤怒，转眼就打起了呼噜。

第二天走进办公室时，我本来以为同事和领导们的眼睛都是雪亮的，谁穿一件新衣服他们一眼就能看出来，他们一定会给我一个拔掉这根胡子的理由的。但结果令我很失望，十几个同事，几十只眼睛，竟然没有一只看到我的那根金黄色的胡子。

晚上，我一个人躲进卫生间里，对着镜子又看见了那根胡子，它还好端端地长在那里，并没有像它突然出现一样的突然消失。胡子说："怎么样，现在你知道你是谁了吧？"它的口气无比得意。我的手飞快地抓住它，一把将它拔了下来。

在我把它扔进坐便器里时，我咬牙切齿地说："别忘了，你是我的胡子。"我一拉水箱的绳子，它在水中旋转了几下，转眼间就无影无踪了。

一次失败的劫持

旅行

好像没什么理由，我睁开眼睛就发现自己坐在一列火车里。

火车从哪来，要到哪去，我一无所知。

车厢里有很多人，老年人、中年人，也有年轻人。他们都对着我笑，大概很欢迎我加入旅行的行列。我对面的一对年轻夫妇和一对老年夫妇，笑得比别人都灿烂，我也对着他们很灿烂地笑了笑。

火车一直在开，车轮和铁轨的摩擦声美妙动听。

车窗外的风景美丽异常，飞快地出现又飞快地消失。我手舞足蹈，兴奋异常。对面那对年轻夫妇看着我的样子，笑了笑。他们说："很快你就会明白，窗外的景色很平常，除非你能换一节车厢。"

在每一个车站，车厢里都会有几个人下车。他们恋恋不舍地和大家告别，留在车上的人也会和他们告别，大家的样子都很痛苦。

那对年轻夫妇说的没错，窗外的景色确实很平常，看着看着就看够了。我开始想，连接这节车厢的是一节什么样的车厢呢？那节车厢外又有什么样的景色呢？

我走到车厢头，从这里能依稀看见另一节车厢的影子。但两节车厢间拦着一道门，门锁住了。在一段时间之内，打开这扇门，到另一节车厢去成了我最大的心愿。我对面的那两对夫妇也支持我这么做，给我出了好多主意。门边有几个人和我的想法相同，他们也想着把门打开。有几个人成功了，骄傲地走进另一节车厢。我一直在努力，火车又开了几站地后，我终于打开了那扇门。

那节车厢里果然别有一番天地，看起来要豪华得多。最美妙的是车窗外的景色发生了变化，增加了很多新的内容。我认识了一些新乘客，一些人对我的到来表示欢迎，也有一些人似乎不太满意，他们觉得我很可能会占他们的座位。

　　我在车厢尾部的一个座位上坐下来，座位的另一端坐着一个很美的姑娘。我们谈了很多让人愉快的话题，我们都说要结伴走完剩下的旅程。

　　我带她回到最初的那节车厢里。我发现，几站地前坐在我对面的那对年轻夫妇不见了，换成了一对中年夫妇，他们像那对年轻夫妇一样对着我们灿烂地笑着。我没找到那对老年夫妇，我想他们很可能在某一站下车了，像很多乘客一样。

　　火车一直在开，车轮和铁轨的摩擦声美妙动听。

　　我和那位姑娘一起坐了几站路后，旅行让我焦躁起来。

　　我想，旅行的内容不该仅仅如此吧！好几次，我悄悄走到车厢的头部，透过车门打量另一节车厢，那节车厢看上去要更好些。但两节车厢间也隔着一扇门。我试着开门，门无动于衷。我做了很多努力，结果无济于事。

　　这时，我面前的车门打开了，一个姑娘从那节车厢里走了出来。也许她在那节车厢坐得闷了，想到这节车厢里随便转转，也许她只是一时好奇。我很快和她熟悉起来，火车又开出一站地后，我请她把我带到那节车厢去。

　　原来和我同座的那位姑娘对我说："难道你忘了吗？几站路前，你说过我们要一起走完剩下的旅程？"我摇摇头，表示无奈。她哭了，很伤心。我转过身，把她的眼泪抛在身后。

　　这节车厢窗外的景色非常美，美得让人炫目。我贪婪地盯着车窗外，不肯放过任何一点细微的风景。为了看得更好，我想尽各种方法不断调换座位，从车厢尾部换到中部，后来坐到车厢头部。这时，大家都对我很友好，不停地对我笑。我认为，这样的旅行才有意义。

　　想不到，这样的旅行也会让人厌烦。我开始打另一节车厢的主意，我相信，另一节车厢的窗外一定会有更好的风景。对隔着的那扇门，努力了很久后，我不得不承认，这扇门我根本无法打开。

　　也许是天意，在我身边，另一个努力开门的人把门打开了。在他准备走进另一节车厢时，我撞开他，抢先闯了进去。这种做法多少有些卑鄙，但我顾不了那么许多了，我知道，几站路之后，我也会下车。

　　进入这节车厢后我迫不及待地打量窗外的景色，结果让我无比失望，窗外的景色很平常，甚至不如最开始的那节车厢外美。

　　在车轮的铿锵声中我想了很多。慢慢地想明白了，所有车厢外的景色其实都一样，旅行的途中根本没有必要为了换车厢而煞费苦心。这时，我想起了第一节车厢，第二节车厢，那对中年夫妇，那个姑娘，还有在门边

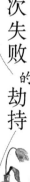

一次失败的劫持

49

被我撞开的那个人。

　我穿过车厢，一路寻找他们，结果一无所获。我回到最初的那节车厢里，坐在原来的位置上怅然若失。我不得不承认，此次旅行，我一无所获。

　火车一直在开，车轮和铁轨的摩擦声非常急切。

　火车在不觉中停下来。列车员碰碰我说："你到站了。"我说："再坐最后一站，行吗？"列车员摇了摇头，"对不起，我无能为力，你的旅行结束了。"

　走下列车，迎接我的是一块白色的石碑，碑上刻着几行字，我看见其中有两个字是我的名字。石碑后有一扇门，我推开门，走了进去。

最具中学生人气的微型小说名作选

逝去的岁月

寻找袁大海

几十年来，父亲一直都在找一个叫袁大海的人。

父亲和很多人都讲过他和袁大海的事，在家里时他对我们讲，在外面散步时他对一群老伙计讲。内容大致是：袁大海是他的战友，是他这辈子唯一的朋友。他们曾经都是某师某团某营某排某班的战士。在一次战役中，他们俩躲在一个掩体里，并肩战斗了一个月。在一个月里，他们俩不知道打退了敌人多少次进攻。也是在这一个月里，袁大海三次救了父亲的命，父亲也救了袁大海两次。每次父亲讲他们的故事时，最后都会说一句："袁大海这家伙是个铁人，是个硬汉子，袁大海这家伙够朋友。"战争结束时，他们俩抱在一起难分难舍，约定二十年后，一定要再见面。

但父亲已经找了袁大海二十五年，袁大海还是下落不明。当年父亲只知道袁大海的家乡在南方的某座小县城里，他写过信，打过电话，托人查找过，但始终没能和袁大海联系上。知道我要去南方出差，父亲下了死命令，告诉我这次一定要找到袁大海。

我按照父亲给的地址在那座南方小城里转了几天后，终于在民政部门找到了线索——过去，这座县城里确实有一位叫袁大海的退伍军人，但十几年前已经搬到了离此几百公里的A城。我火速赶到了A城，很快搞清楚，袁大海已经搬到了离此几百公里的B城。我赶到B城时，又被告知，袁大海在十年前已经搬到了C城。一天后，我来到了C城。结果又扑了一个空，袁大海已经搬离C城，去了D城。几经反复后，我搞清楚了袁大海在F城的确切地址。

我见到的袁大海一点也不像父亲说的那个铁人，也不像条硬汉子。他的背已经驼了，耳朵也有些聋，一双老眼混浊无光。我费了好大的劲才问清楚，他当年确实是某师某团某营某排某班的战士，而且有个战友叫赵一

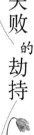

达。赵一达就是我父亲。

　　让我想不到的是，袁大海住的F城就是我们所在的城市，更巧的是袁大海的家离我家距离不足三十米。我带着父亲去了袁大海家，父亲走在路上时很兴奋。一遍一遍地说着袁大海的名字。父亲懊悔不已，近在咫尺竟然多年未能相见。但父亲见到袁大海时突然愣住了，他绕着袁大海转了一圈儿，然后又转了一圈儿，一连转了三圈儿后，父亲才停下来。问："你叫袁大海？"袁大海看着他点了点头。父亲又问："你过去是某师某团某营某排某班的战士？"袁大海又点点头。父亲问："你有个战友叫赵一达？"袁大海再次点点头。父亲问："你和他曾经在一个掩体里并肩战斗了一个月？"袁大海点头。父亲问："你三次救了赵一达的命，赵一达两次救了你的命？"袁大海又点点头。我看见他发红的两只眼角上各有一块白色的眼屎。

　　这时，父亲离开袁大海，把我拉到一边，对我摇摇头。然后，转身走了出去。我追上父亲问："这个人到底是不是袁大海？父亲冲我摇摇头，又点点头。"看见父亲走进我家的房门后，我又折回来，跑进袁大海的家里。问袁大海："你认识刚才那个人吗？"袁大海像父亲一样摇摇头，然后又点点头。我说："刚才那人就是你的战友赵一达啊！你们俩曾经是最好的朋友。"袁大海愣愣地看看我，好半天问了一句："赵一达，他找我有什么事？"

最具中学生人气的微型小说名作选

雪白的馒头

钻井队做饭的老白端着一笼屉馒头从伙房里出来时，看见通往荒草地的土路上走来一个人。

荒草地不是一片草地，而是一个小村子的名字。这个小村子很像是被鸟衔来的一粒种子，就那么随随便便地被扔在了野地里，破破烂烂的几十户人家挤在一起。钻井队在这里竖起钻塔，搭上帐篷，要打一眼上千米的深井。

老白把饭菜摆上桌子，十几个钻工围着桌子坐下来。井队里爱开玩笑的老林咽下一口馒头，从嘴里吐出一个荤笑话，众人的笑声就和馒头、粉条的香味混合在一起，从饭桌子上升了起来。

第一个看到来人的是地质员小罗，他捅捅机长老刘的胳膊，向前面扬扬下巴。那个人已经走到一辆汽车旁边，是个瘦高瘦高的男人，披一件破棉袄，手里提着一根碗口粗的棒子，拧着眉头正向他们怒目而视。老刘看这架式就猜出个八九不离十，漫无目的地冲饭桌骂一句："他娘的，就会给老子找事。"

这时，来人手里的那根棒子已经抡起来，带着一股风声砸向汽车。老刘跨步上前，一把抓住他的手腕子，冷冷地问："你要干什么？"男人不说话，用力挣扎几下，没有摆脱老刘像铁钳子似的大手。老刘却主动把手放开，指着汽车一阵冷笑说："你砸，你砸，砸完了咱们一起卖废品，换酒喝。"

男人低下脑袋，不看老刘，手里的棒子冲着汽车举起来，在空中抖了几次，突然又无力地垂下来。男人抬起头，对着远处马上要沉进荒草里的太阳凶巴巴地说："你们，太欺侮人了！"老刘不答话，眼睛像两把刀子似的盯着他。男人把投向远方的目光收回来，正好撞上老刘虎视眈眈的目光，赶忙低下头，看自己的两只脚，却看到了鞋窟窿里露出来的一只大脚趾头。男人立刻显得很慌乱，努力把那只脚趾往鞋里退，试图藏起来。他穿的其实已经算不上一双鞋了，只是用一根绳子胡乱绑起来的碎布片。

老刘把脸色缓和一下，拍拍男人的肩膀，"我是井队的队长，有啥事你冲我说，别拿汽车撒气。"男人看看老刘，迟疑不决地说："你们，太欺侮人了！"老刘说："把事情说明白，我们怎么欺侮人了？"男人的嘴动了动，想说什么，却突然一下子蹲在地上，两手抱住脑袋呜呜地哭起来。

老刘蹲在他身边，又拍拍他肩膀说："有啥事，你就说吧！"男人只顾着哭，在哭声的间隙里断断续续说："你们的人……拿馒头……睡我老婆……"说到馒头这个词时，男人下意识地咽了口唾沫。老刘听到男人的肚子里传出一阵咕噜咕噜的响声。

老刘冲着饭桌喊："老白，盛一碗菜，拿几个馒头。"老白把馒头和菜端过来，放在男人面前的地上。猪肉炖粉条和面粉的香味扩散开来。老刘说："兄弟，先吃饭，有啥事，吃完了再说。"男人的两道目光试探着伸出来，看一眼面前的食物，马上又缩了回去。老刘拿起一个馒头递过去，"兄弟，先吃，后说。"男人接第一个馒头时有些吃力，犹豫了一阵子，接下来就顺利多了，一碗菜眨眼间见了底，三个馒头也进了男人的肚子。男人抹一把嘴，有意无意地冲饭桌的方向看了一眼。老刘喊："老白，再盛一碗菜，拿几个馒头。"

男人头也不抬地吃下三碗菜七个馒头后，不由自主地打了个饱嗝，有些惬意地从地上站了起来。老刘掏出一根烟递过去，男人爽快地接了。老刘给他点上火，自己也点上一根烟，问："地里的收成还不错吧！"男人摸索一把荒草似的头发，摇摇头，"球！前年大旱，今年发水，村子里不少人家都断了顿，有几户出去要饭了。"老刘叹口气说："农民靠天吃饭，不容易呀！"老刘和男人蹲在地上，来言去语，拉起家常。天色已经暗下去，两只烟头忽明忽灭。

老刘把第二根烟递过去时，男人搓搓手，不好意思地说："你看看，大哥，这个，这个，光抽你的烟了。我带着老旱烟，不晓得你得意不得意！"男人撩开身上的棉袄，从裤带上解下一只烟口袋，双手捧着递过来。老刘笑笑："不瞒你说，我还就得意这一口，抽着过瘾，比烟卷强。"老刘卷一袋烟，很享受地抽一口。两个人又聊了一会儿，男人向西边的草地上看了看说："那啥，大哥，天黑了，我得回去了。"老刘伸出手，握住男人的手说："好，闲着没事时就来找我。"男人握住老刘的手，很郑重地点点头。老刘让老白拿两个馒头过来说："兄弟，这两个馒头你带上，给孩子吃。"男人赶忙摆手，"够麻烦你们了，连吃带拿的太不像话了！"老白还是把馒头硬塞进了男人的怀里。男人隔着衣服摸摸两只馒头，突然弯下腰，给老刘鞠了一个躬，"大哥，谢谢你了！"扭过头，向村子方向走去，走了几步，又折回来，在老刘的脚底下划拉一气，绰起了那根棒子，笑笑说："收了秋，拿它打苞米，省着用手搓了。"男人说完这句话，又把手冲老刘伸过来，"那啥，这附近南北二屯地要是有啥事，大哥就言语一声，我当着个村长，大小也算个干部，说句话，谁他娘的也不敢不听。"老刘说："好，好，兄弟，有事我肯定去找你。"两个人就在黑暗中很爽朗地笑起来。

　　笑过后，男人扭身而去，很快就消失在夜色里。

一次失败的劫持

一九三九年
的一条腿

袁大二十一岁那年，他爷袁老爷子过世，临死留给他爹老袁一袋子大洋，吩咐说用这笔钱买一辆大车、一匹马，说以后看到车和马就当是看到他了。老袁当时就哭得昏了过去，一半是因为他爹死，难过；另一半是因为有了自己的马和车，激动。

春节刚过，老袁就吩咐袁大袁二装上一车苞米秆儿拉到三十里地外的三台子卖了。三台子靠近奉天，地少人多，一过完年就有人家缺烧火的材料，老袁早就看准了这个生意，因为没有马车，就一直也没做。

袁大袁二起早装好了车，袁家窝棚还在睡梦中的时候，他们就把马车赶出了村子。这也是老袁的吩咐，说要保守商业秘密。袁大赶车，袁二坐在另一侧的车沿上，驾辕的是新买的枣红马。左边车辕上贴着"车行千里路"，右边车辕上贴着"人马保平安"，是过年时袁二写的，字歪歪扭扭，看起来更像是两道符咒。通往三台子的路是一条沙石大道，从这条路一直走就能到达奉天，也就是现在的沈阳。

那天早晨路上有一些轻霜，看起来银光闪闪的，车轱辘压在路面上，发出玉碎般动听的声音。路边的杨树上不时有一只老鸦被惊起来，"呱呱"地叫两声就飞走了。袁大赶车赶得高兴，走个百八儿十米就把鞭子在空中甩出一个美妙的鞭花。袁二看袁大赶车的神气劲儿，手就开始痒痒，说："哥你累了，让我替你赶一会吧！"袁大扭头看一眼袁二，袁二鼻子下的两条红印子那天早晨分外醒目。袁大说："二王八犊子，你他妈根本就不会赶车，哪回都把车赶进沟里去。"袁二说："这条道好，我想赶沟里去都不容易。"袁大说："那也不行，临走爹吩咐，说啥也别让二王八犊子赶车。"袁二说："你不说，我不说；马不会说话，爹咋能知道。"袁大还是不让袁二赶车。袁二后来说那天早晨赶大车成了他人生中第一个强烈的渴望。在这个渴望的支配下他不断低三下四地求袁大。袁大说当时自己其实就是想保住那条腿，到最后还是没保住。袁大终于经不住袁二的央求说："二王八犊子，就让你赶二里地，赶完二里地，再提赶车，我一脚把你踢天上去。"

赶车的袁二立刻神气活现起来，不时学袁大的样儿甩一个鞭花，却总是甩不响，就问身边的袁大。袁大不耐烦，给了袁二一拳头说："消停地赶你的车，耍鸡毛花活。"

袁二没有把车赶进沟里，在通过一个火车道口时他把车赶偏了一米多，就是这一米多的偏差，让车轱辘卡在了铁轨上。袁大一脚踹开袁二，开始动手抬车，不过不管他怎么用劲，大车就是纹丝不动。袁大袁二后来都不止一次地从那个道口经过，怎么也看不出铁轨如何会把车轱辘卡住。最后他们一致认为那天真是见了鬼。就在袁大袁二拼了性命想把车弄出来时，一列火车从远处开了过来。火车经过之前袁大只来得及解下那匹枣红马。牵着马站在道口边的袁大袁二眼睁睁地看着火车呼啸而过，把马车撞得粉碎。被撞飞的苞米秆儿在火车过去很久后才从天上缓缓飘散下来，纷纷扬扬仿佛下着一场奇怪的雪。

袁大踢一脚吓傻了的袁二说："二王八犊子，这回你的祸惹大了，回家爹就会剥了你的皮。"袁二说："哥，这可咋整啊？"袁大说："你跑吧！到奉天姑奶家躲一躲，我不叫你就别回家。"袁二愣一愣，转眼就跑得无影无踪了。袁二到了奉天，先是在火车站扛麻包，后来经人介绍在一个日本人开的服装店里当了学徒，直到一九四九年搞土地改革，袁二才回到袁家窝棚。

袁大看着最后一根苞米秆儿像他甩出的鞭花一样，在空中画了一个优美的弧线落到地上后，骑上马回了袁家窝棚。

一九四九年冬天，袁大袁二的爹老袁不行了，临死前说了三句半话，三句话是对袁大说的，半句是对袁大的儿子——袁萝卜说的。老袁把袁大叫到身边来说："爹对不起你。捎个信让袁二回来吧！爹不打他了。"又指着袁萝卜说："孙子。"

袁二从奉天回来时见到的是他爹的坟墓。第一天，袁二在老袁的坟上哭一场，第二天又去哭了一场。第三天把自己连夜做的一套衣服在坟前烧了，对着坟堆说："儿子当了十年裁缝，爹临死也没穿上我做的衣裳。"然后又哭了一场。

一九四九年冬天，袁二看到了袁大，袁大左腿的裤子从膝盖往下是空的，代替那条左腿的是他腋下的一根拐杖。袁大一走路，那条空了的裤腿

一次失败的劫持

就在风中摇摆起来，如一面旗帜，在袁二的眼前飘扬着。袁大说："二王八犊子，你盯着我的腿看什么？"袁二不吱声，还是看着袁大的腿。袁大的老婆罗圈腿说，袁大的腿是十年前让爹打断的，就是骑着马从三台子道口回来的那天。袁大笑笑说："二王八犊子，记住你欠我一条腿。"袁二"扑通"一声跪在了袁大面前叫了一声"哥"，泪就流了下来。

一九二八年的一场赌局

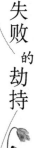

一九二八年冬天的早晨，我三爷走出村子五十步后，回头打量了村庄一眼。他一点儿也没想到，这一眼竟然成了他和故乡告别的一种仪式，再回到村子已是在三十年后了。那天早晨的袁家窝棚像一匹老马，卧倒在东北白茫茫的大地上，不停地打着哆嗦。北风很像一枚枚锋利的暗器，从不同的方向"嗖嗖"地把村子剔成了一架骨头，使村子看上去很瘦。

我三爷吐口唾沫，骂一句狗日的天气，把头上的狗皮帽子向下按按，裹紧棉袄向前走去。那一年他刚好十八岁，长得膀大腰圆，力大无比，裤带上整天别着一把明晃晃的杀猪刀，已经是方圆百里之内闻名的恶棍，且干了不少调戏妇女、放火打架、偷鸡杀狗的勾当。我的太爷在他身上已经累计打折了两根木棒，但无法让他重新做人。很多人得出结论，老袁家的老三不久就会像柳条沟的红柳一样，成为一名打家劫舍的胡子。那天早晨我三爷是去雷家窝棚雷保长家赌博。

赌局是雷保长设的，招徕了四周十几个村子里游手好闲的地痞无赖。雷保长每天从中抽取不同数量的红利。我三爷这个败家子是这里的常客。

我三爷走到雷保长家门口时，出乎意料地被一只胳膊拦住了。这在他的认知范围内是从未有过的情况，他几乎不假思索就把拳头挥了出去。拳头走到半路时猛然间停住了，像被突然冻僵的一只鹅头呆在半空中。那条胳膊的主人是雷小凤。我三爷有个流氓规矩，可以调戏女人，但不能打女人。雷小凤的眼睛瞪得很圆，闪着两点悠悠的光。她说："袁三，我告诉你骰子的秘密，你敢不敢替我爹赌一把？"

我三爷走进屋子时觉察出了空气中的杀机。平时常来的那些人一个也没见，墙角的桌子边坐着两个人，他认识其中一个是雷保长，两人中间的桌子上放着一把系着红绸布的匣子枪。我三爷摘下帽子，坐在了雷保长的位置上。对面那人沉着脸看了他一眼，没说话。我三爷也看了那人一眼，把手里托着的帽子放在桌子上，刚好对着那把枪。他看见有一道月牙形的伤疤像条大蜈蚣似的在那人的脸上伏着。

骰子在那人手中的一只大碗里旋转起来，声音清脆悦耳，让那天早晨的空气充满了动感。我三爷屏住呼吸等待着，骰子停下来时，他听到了"哗啦"一声响，就喊了"大"，这一局他很轻松地赢了。"哗啦"一声响开大，就是雷小凤告诉他的骰子的秘密。

骰子在我三爷手中的大碗里旋转起来，声音同样清脆悦耳。骰子停下来时，他听到了"哗啦"一声响，那人喊了"大"，结果三爷输了第二局。

骰子又一次在那人手中的大碗里旋转起来，我三爷看见雷保长像段木桩一样在桌子边立着，在雷保长身后有两道幽幽的目光和我三爷的目光撞在了一起，发出了和骰子一样悦耳的撞击声。我三爷摸了一下桌子上自己的狗皮帽子。这次骰子停下时没有"哗啦"一声响，我三爷喊了小。

那人的左手放在扣着的大碗上，右手放在手枪上。盯着三爷的眼睛说："知道我是谁吗？"我三爷回答说："知道，你是柳条沟的红柳，我认识你的伤疤。"红柳说："好，三局两胜，这是最后一局，你能保证赢我吗？"我三爷从牙缝里挤出了一个字："能"。红柳笑了，脸上那道蜈蚣似的伤疤怪异地蠕动起来。

多年以后我听到有一次我三爷问我三奶，那天早晨为什么偏偏选他替她爹赌。我三奶说："在你之前来了三个人，他们看到红柳就吓跑了。"我三爷说："你爹为什么不自己和红柳赌？"我三奶说："那天红柳来就是要抢钱和我，不管输赢我爹都得死。"我三爷说："看来我他娘的做了一回替死鬼，进了你的赌局。"我三奶奶笑笑说："你不是把我赢到手了吗？"

红柳猛然间揭开了碗，他的眼睛看到骰子的点数时，我三爷的帽子从桌子上滚到了地上，同时落在地上的是红柳的手枪，随后又有一件东西落在了地上，那是一只手，是红柳放在枪上的右手。我三爷的手上多了一把杀猪刀，那刀一直在帽子底下扣着。这把刀向前一伸就捅进了红柳的肚子里。红柳的表情很诧异，抬起左手指着我三爷，说了最后一句话："你是第一个活着赌赢我的人。"

一九四三年，雷保长病死在关里一个小山村里，一九五八年我三爷带着我三奶雷小凤回到了袁家窝棚。

一九五八年的夏天

"太阳像鞭子似的。"

老孟回忆起一九五八年那个夏天时，从他嘴里蹦出来的就是这句话。"胡说，太阳怎么能像鞭子？它抽着你啦？"老伴撇撇嘴说。老伴的两颗门牙已经掉了，撇出一个黑窟窿。"它抽着我了，也抽着你了，还抽着于大华了。抽得咱们的身上火烧火燎地疼。我说，咱们去洗澡吧！"老伴又撇嘴，"老东西你记错了，话是于大华说的。于大华还说，'小英子，你也要下河。'我就说，'呸，不要脸，谁跟你们臭小子一起光屁股'。于大华就嘿嘿地笑了，我骂他他也不恼，那时候他是喜欢我呢！"老孟笑了，笑得前仰后合的，那只好眼眯成了一道缝，那只坏眼似乎也有了鲜活的内容。老孟说"于大华从小耳朵背，你跟他说啥他都听不着。"

三个汗流浃背的孩子赤脚走在村路上。细细的土沫吸足了阳光，踩上去像热水似的从脚趾缝里冒出来，淹没整个脚面，痒痒的舒服。一群蜻蜓在他们身前身后飞旋，你站住打算捉它们时，它们又纷纷敏捷地逃走了。于大华的脚在土里发现了一只小石子，走几步踢一下，再走几步又踢一下，不时扬起一团灰尘。走在他左边的小英子说："于大华，你烦不烦人啊！弄得我满嘴都是土。"于大华无动于衷地笑着，继续踢他的小石子。他们身后，大喇叭的声音从场院里传过来，说的是全国人民正在跑向共产主义的事。八岁的孟老二说："小英子，是你爹在说话呢！要不就是于大华他爹，肯定不是我爹，我爹正在家躺着等死呢！我妈天天都这么说。"他们正从村南走向村北，村北有一个大水坑。

老孟说："老太婆，你跟我说实话，那天你到底推没推我？"

孟老二盯上了一只五彩斑斓的蝴蝶，蝴蝶似乎很寂寞，故意和他玩着游戏。眼看着要被抓住时，飞过一堵高墙逃跑了。孟老二愣愣地站在墙下面，

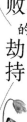

有些怅然若失。墙上写着"人民公社万岁"几个大字，每个字都和孟老二一样高。他记得他爹就是墙上写过字后的一天傍晚被小英子的爹打断了腿的。

于大华跑了过来，他是被电线杆子上挂的钟吸引来的。那其实并不能叫做钟，而是一小截铁轨，用铁棍一敲，会发出"当当"的声音。这声音每天早晨都会把人们召集到场院里去。于大华捡起一根木棒准备敲钟。

老伴说："老东西，跟你说过多少次了，推了就是推了。"老孟说："我怎么记着那时候你站在路上没过来呢。"

钟挂得有些高，于大华试图爬到电线杆上，努力了几次都没有成功。孟老二接过木棒说："让我来。"孟老二向电线杆子上爬着时，抬头看到了天上的太阳，太阳像鞭子似的，有条不紊地在他左眼上抽了一下，又在他右眼上抽了一下。他闭上眼睛，继续往上爬，眼前有一只圆白的太阳不停地晃动着。终于接近铁轨时，孟老二抡起了手中的木棒，钟声并不像他们想象的那般嘹亮，闷闷地，毫无声气。这时候，他听到于大华喊了一声，钟掉下来了。

老伴说，钟其实根本没掉下来，于大华那是吓唬你呢！

孟老二从电杆上出溜下来，转身准备逃跑时，有人推了他一下。孟老二觉得左眼忽然一凉，有眼泪从眼睛里流了下来。抬起手去擦时，他看到手上沾着红红的血。有什么东西蹦跳着从他脸上滚下来，落在脚下的路上，在土沫上蝼蛄似的钻出一道小沟，然后消失不见了。后来他才知道，滚出去的是他的一只眼睛。夺走他那只眼睛的是电杆拉线上的一段铁丝。

最先跑来的是小英子他爹和于大华他爹。小英子他爹粗声粗气地喊："孟地主的崽子，越忙你越添乱，是不是你爹让你这么干的？"小英子低着头说："爹，是我推了他一下。"她爹对着于大华他爹吼了一嗓子，"老四，套车，上医院"。多年以后，小英子主动嫁给一只眼的孟老二时，村里的人都说这是应该的，她害得人家丢了一只眼睛呢！

老孟说："老太婆，你跟我说句实话，那天你到底推没推我？"

老伴说："一辈子都过来了，还较那个真干什么？"

一九六二年的除夕

好多年后，大哥还眉飞色舞地说，我真正参与到我们家庭活动中来，是从两个响屁开始的。对他这个说法，我充满无地自容的愤慨，但却无力辩驳，因为那年春节时我刚刚六个月，不会说话，不会走路，更不可能在记忆中存储下有利于我的证据。

我妈说，那天早晨，爹起得特别早，他仔细地把头天晚上在炕头上烘热的苞米皮子撕成细条，又把它们规规矩矩地垫到棉靴拉里。临出门，还郑重地紧了紧裤腰带，很像个一家之主似的拍拍胸脯子说："他妈，等我回来，咱就动手包饺子。"爹每次听妈这么说，就嘿嘿地笑，说："他妈，我本来就是一家之主嘛，干啥还装腔作势的？"

大哥一直眼巴巴地看着爹的背影，直到爹转过院门，消失在一九六二年除夕清晨的冷风中。大哥的嘴里不由自主地流出了口水。他扭回头，看见旁边二哥的嘴角也流出了口水，就拍拍二哥的肩膀问："二弟，你把爹看成啥了？"二哥说："猪肉馅儿的饺子，咬一口就冒油的那种。"大哥说："我把爹看成了一碗红烧肉。"

爹走后，妈把所有能翻的地方都翻了一遍，结果只找到了一盘子干巴巴的咸菜。妈呆呆地看着那盘子咸菜，坐了半个钟头，又重新鼓起勇气，再次翻了一遍，这次连最不可能有食物的地方也找了。我妈说："你们谁也想不到吧，老话说得一点儿错都没有，功夫不负有心人，我在菜窖下的泥土里挖出了一只萝卜。"我妈从菜窖下爬上来时，兴奋得满脸通红，怀里紧紧搂着那只萝卜。大哥说，当时，妈看萝卜的眼神就跟看三弟差不多，好像那家伙也是她亲生的儿子，是她的四儿子。

我妈把萝卜小心地洗干净，装在一只篮子里，吊到了房梁上。回过头，她就看见了四只贪婪的眼睛。她把自己的目光磨得像两把刀一样锋利，冲着那四只眼睛迎面劈过去，然后恶狠狠地威胁说："老大、老二，你们谁敢

65

动篮子，我就把谁的皮儿扒下来。"大哥说，他听到这句话才明白，原来咱们哥几个在妈心目中的地位，还不如那只萝卜呢！

大哥说，从爹离开家门开始，那天在他的记忆里就变成了一条性能极好的橡皮筋，被拉得特别特别的长，每一分钟、每一秒钟都变成了原来的数倍。二哥说，这条橡皮筋一头连着的就是咱们"咕噜咕噜"叫唤的肚子，那头连着的是饺子和红烧肉。

爹是在傍晚时回来的，他没能像预想的那样成功地赊到肉和油，手里只拎着一点儿可怜的白面。他和妈互相看一眼，就都不说话了。妈默默地接过爹手里的白面，和成面团。默默地把篮子从房梁上摘下来，把萝卜切成了馅儿，又把馅儿全都捧进了装过荤油的空坛子里，使劲搅了一气。这些都准备好了，妈才高兴起来，大声地喊了一嗓子，"包饺子喽"！爹也显得兴奋起来，拶撒着两只手凑过来说："咱包饺子喽！谁不伸手，就不给谁吃。"

妈把两盘热气腾腾的饺子和一盘咸菜端上桌子时，村子里传来了一阵阵的鞭炮声。爹把筷子头在桌子上顿了顿说："人家吃饭前放炮仗，咱家也放炮仗。"大哥看了看爹说："爹，你是不是糊涂了，咱家没有炮仗。"爹笑笑说："谁说没有，炮仗就在爹的嘴里呢！"爹说完这句话，嘴里冷不防就冲出"呼"的一声响，紧接着又"咣"地响了一声。大哥、二哥手舞足蹈地叫起来，说："爹，我也能放炮仗。"屋子里立刻就充满了嘹亮的爆竹声。大哥说："三弟，你就是那时候及时地放了两个响屁，你人不大，可声音不小，一下子把我们的声音都压了过去。爹拍拍你的脑袋顶说，'还是我三儿子最行，他放的是二踢脚。'"

爹夹起一只饺子，咬了一口说："他妈，你把肥肉放多了，油大，吃着腻味。"爹这么说，大哥、二哥都傻乎乎地看着他。爹不以为然，夹起一块咸菜，在嘴里慢悠悠地嚼着说："我得意吃瘦肉，香，咬着也劲道，瘦肉才是真正的肉。"大哥半信半疑，学着他的样子，也夹了一块咸菜，在嘴里嚼了一会儿，傻呵呵地说："爹，这是咸菜，不是瘦肉。"妈夹起一只饺子，咬一口，轰轰烈烈地在嘴里嚼了一气说："老大、老二，你爹说得没错，妈还真是把肥肉放多了。"听妈这么一说，大哥也夹起一只饺子，咬一口，装腔作势地对二哥说："二弟，咱家就你爱吃肥肉，咱妈的饺子是专门给你包的。"二哥吃下一只饺子，吧嗒吧嗒嘴说："妈，肥肉香，吃多了也腻味人，下回你还是少放点儿吧！"

大哥说："三弟，那顿年夜饭你没吃到，你还没长牙，这非常遗憾，你不知道，咱家人那天吃得多高兴，那一小盘咸菜就像被施了魔法，后来又变成了红烧肉、炒鸡蛋、炖肘子、红烧排骨、糖醋鱼、清炖鸡……"

死因

　　我们这里管岳父岳母叫老丈人老丈母娘，管妻子的哥哥叫大舅子，管妻子的弟弟叫小舅子，大舅子也可以叫大舅哥儿。我没有大舅哥儿也没有小舅子，只有两个小姨子，她们是我妻子的妹妹。但据妻子说我本来应该有一个大舅哥儿，可惜他莫明其妙地死于一九六三年夏天，死因不详。

　　关于我那未曾谋面的大舅哥儿的死因，我曾经问过我老丈人和老丈母娘，但他们好像不太爱回答我，每次问，他们都闪烁其辞，而且每问一次他们都会伤心一次。两位老人家已经七十多岁了，我没有理由非要像审讯似的刨根问底。话又说回来了，这事儿跟我又有啥关系呢？没有大舅哥儿已经成了事实，就算我知道他是怎么死的，也不可能让他跨越几十年的岁月再活过来了。

　　每年的年三十我们一家三口都要在岳父母家过，等到初二两个小姨子和两个连襟来了后，再回我的父母家，年年如此，雷打不动。这样做的主要原因是怕两位老人过年太冷清了，因为他们没有儿子。

　　每年，年夜饭的餐桌上都会多摆出一张椅子、一双筷子、一只碗。第一年时我不了解情况，擅自把椅子和碗筷撤了下去。后来我知道了，多出来的那套餐具和座位是给我那位大舅哥儿摆下的。正式开餐前，两位老人还会举行一个小小的仪式，把盘子里的每样菜都夹一些放到大舅哥儿的碗里，我老丈人还会倒一杯酒放在碗旁边。我老丈母娘冲着座位说："锁住啊！吃吧！慢慢吃！"我老丈人也冲着座位说："锁住啊！喝吧！慢慢喝！"说完了，挥挥手，年夜饭才算是正式开始了。锁住就是我的大舅哥儿。

　　我女儿是我老丈母娘一手带大的，平时不管提出啥无理要求，她姥姥姥爷都会满足她。仗着有两位老人撑腰，一到姥姥家女儿就闹得不行。我和妻子谁说话她都不听。我们一说，两位老人还会冲着我俩发脾气。

一次失败的劫持

去年女儿八岁，春节时在餐桌上发起了小脾气。满桌子的菜她一样也不爱吃，开始是嚷着给她重做，后来更过分了，把一碗饺子倒在了地上。我刚想教训她，没想到她姥爷和姥姥同时发火了，使劲批评了她一顿。也就是这次，我终于知道了一九六三年夏天，我那位大舅哥儿的死因。

　　一九六三年刚一开春，全村的人就开始挨饿。最先遭殃的是沟里刚长出的小草们，还没等它们把春天看明白，就稀里糊涂地进了人们的肚子里。接下来倒霉的是那些刚长出嫩叶的榆树们，几乎一夜之间所有的树叶都无影无踪了，比大风刮得还干净。不久，榆树皮成了奢侈品，每棵树都被脱得赤条条一丝不挂的，村子里到处可见这些树们的裸体。人们的眼睛都闪着蓝光，看到什么都合计着能不能吞进肚子里去。

　　那一年，我大舅哥儿锁住刚刚十七岁，正是长身体的年龄，饿得像一根竹杆子似的，在村子里四处转着找吃的东西。他很走运，转到前街于文龙家门前时，听到了一个好消息，老于家要找人手打地基。锁住立刻推荐了自己，他知道打地基的人家一定会给干活儿的人供饭，说不定还会有一样炖菜。也就是说只要他干了这活儿，吃顿饱饭是不成问题了。

　　在那时的农村，打地基的方法很原始，把石头碌子用粗绳子捆起来，绳子上穿一根木头杠子，两个人用肩膀把碌子抬起来，喊着"一二一"冲着挖好的地基槽子砸下去，直砸到地基里的土不再下陷了，地基就算打合格了。这活儿还有个名字叫砸夯，在农村属于一种重体力劳动。

　　那个夏天，我的大舅哥儿锁住砸了半天的夯，终于盼来了那顿午饭。午饭比他想象的还要隆重，不仅有高粱米干饭，而且还有刚出锅的水豆腐。老于家的大儿子在城里上班，可以用钱买到粮食，打地基正是给他结婚预备房子。

　　但老于家知道村里人如今都是饿鬼，水豆腐限量，每人两碗，干饭可以敞开量吃。锁住很快就把属于他的两碗水豆腐喝光了，接下来就一碗接一碗地吃饭，开始他还记着是吃到了第四碗，后来就吃忘了。再后来，他就"扑通"一声从坐着的炕上摔到了地下，抱着肚子不停地打滚。

　　我老丈母娘说我大舅哥儿是在往医院抬的半道上没气的。但她坚持要把儿子送到医院去抢救，她认为她活蹦乱跳的儿子不可能说死就死了，八成是昏过去了。

　　在医院里，医生打开了锁住的腹腔，竟然没找到他的胃，只看到了整粒整粒的高粱米饭和白花花的水豆腐。这些东西掏出来，装了满满的一洗脸盆。然后，医生总算是看到了锁住的胃，它裂开了一个大口子，像泄了气的皮球似的在腹腔里软沓沓地躺着。

我老丈母娘指着女儿的鼻子说："你大舅当年要是有饺子吃，就不会死了。"

我终于知道了大舅哥儿的死因，在一九六三年的夏天，他吃饭时被撑死了。

当天晚上躺在床时，女儿小声地对我和妻子说，她的大舅很可笑，吃饱了就不懂得不再吃了吗？

一次失败的劫持

69

柳条筐

　　袁大袁二的爹妈双双去世的第二年春天，柳河沟里的柳树毛子刚刚披上了一层毛茸茸的嫩黄，五爷举着烟袋锅子进了袁大家。当时，袁大正在石头上"刷刷"地磨镰刀，袁二正在修理一把掉了脑袋的铁锹。兄弟俩听到有人走进院子，谁也没抬头，也不说话，把五爷当成了刮进来的一阵春风。五爷咳嗽一声，从嘴里抽出烟袋杆，在袁大的脑袋上敲一下，又在袁二的脑袋上敲一下，"老大老二，跪下，给爷磕头。"袁大没说话，"嘿嘿"地笑两声。袁二乜斜着眼睛看五爷一眼，"不年不节的，磕哪门子头？"五爷冲地上吐口唾沫说："你们两个鳖犊子，瞅瞅门口站的是谁。"袁大和袁二就都抬起头来看一眼，然后又一起低下头说："是个女的。"五爷说："是媳妇，你们俩的媳妇。"袁大把磨好的镰刀举到眼前，迎着阳光看了看，又把手指甲在刀刃上试了试，说："就一个？"五爷没说话，把烟袋杆插在后腰带上，背起手，吭哧吭哧地走了。走到门口回过头来说："一个就便宜你们两个龟孙子了，谁娶她当老婆，你们就合计着办吧！"

　　从关里逃荒来的桂枝就这样嫁给了袁二。那一年袁二二十二，袁大二十五。

　　和桂枝圆房的当头晚上，袁二"扑通"一声跪在袁大面前说："哥，你骗我。那两个纸团上写的都是'娶'，你让我先抓……桂枝应该是你媳妇。"袁大抬起腿踢了袁二一脚，"胡说，抓阄你赢了，桂枝就是你媳妇。"袁二拉着袁大的手说："哥，这洞房，你入。"袁大说："放屁。"扭过身去走出了院子。

　　当晚，袁大就搬出了爹妈留下的房子，在离村子二里地远的柳河沟边搭了一个茅草屋，没日没夜地编柳条筐。那时，袁大编柳筐的名声已经传遍了方圆百里之内。编筐不是什么太难的技术，在柳河沟几乎所有的男人和女人都会编筐，但袁大编的筐与众不同，不仅背起来得劲，挎在胳膊上也舒服。重要的是取材，他选用的是柳河沟水边那种曲柳树枝，一般人根本编不成筐的材料。这种筐出奇的结实、耐用，比别人编的筐能多使唤几年的时间，经常有人大老远地跑来找袁大买筐。

袁大搬到柳河沟边后，就再没进过家门。袁二隔三差五就往茅草房跑，来了也不说话，蹲在地上看袁大编筐。袁大编一会儿，闷声闷气地说一句："二王八犊子，你不干正事瞅我干什么？"袁二就"扑通"一声跪在地上，"哥，桂枝应该是你媳妇，你就回家去住吧！"袁大从怀里掏出一把钱来，扔在袁二面前说："我留着这钱没用，你拿上，滚吧！"说完，扔下筐转身而去。袁二看着哥的背影，抹一把脸上的泪，叹口气，"哥，我欠你一个媳妇。"

转眼就到了深秋，北风渐紧，柳河沟里的水也变得懒洋洋的了，露出了马上就要结冰的迹象。那天，袁大在茅草房上忙活了半天，给房子压上了一层厚厚的树叶，又在上面盖了柳树枝。从房顶上跳下来时，就看见了站在面前的袁二。袁二手里提着一串东西，笑着看袁大。袁大说："老二，你跑我这来扯什么闲淡？"袁二把手里的东西冲袁大举了举，"哥，天凉了，咱俩喝两口。"袁大不理他。转身进了屋子，把两只大碗"咣当"两声拍在柳木桌上。袁二"咕嘟咕嘟"地倒满酒。袁大说："怎么喝？"袁二说："和以前一样，划拳喝。"屋子里就响起了兄弟俩吵儿八火的吼声。袁大的手编筐在行，划拳不是袁二的对手，一坛子酒，多数都进了袁大的肚子。喝着喝着，袁大"咕咚"一声就倒在了土炕上，转眼打起了响亮的鼾声。

住在村口上的五爷那天先是听到了柳河沟里传来的划拳行令声，然后就看见了在夜色里回村子的袁二。五爷在黑暗中把烟袋锅吸出一明一灭的火光问："老二，你们哥俩在野地里闹的什么鬼？"袁二喊声五爷说："不是闹鬼，是高兴，喝酒。"第二天早晨，早起捡粪的五爷就看见了从柳河沟那边跑过来的桂枝。五爷本来想问一句，可桂枝低着头就跑走了。不一会儿，五爷就听到了沟边传来的哭声，震天动地，一波三折，那是袁大的哭声。五爷踩着哭声赶过去时，看见袁大正在往沟上抱柳条，柳条堆得挺高挺高，袁大还在不停地往上堆。五爷说："老大，你搞什么？"袁大冲五爷笑笑说："编筐。"五爷说："你刚才哭什么？"袁大一脸疑惑："五爷，你老听错了吧，我没哭，也没听到别人哭。"五爷摇摇头就走了。

村里的人们看见，袁大一整天都在柳河沟边编一只筐，一只很大很大的筐。当天晚上，一场清雪飘过，柳河沟里的水就结了一层薄冰。又过了

一次失败的劫持

71

几天后，来茅草房的袁二发现袁大不见了。他在沟前沟后找了半天，还是没看见袁大的影子。袁二扯着脖子冲着枯黄的柳树毛子喊："哥！你在哪疙瘩？"

袁大失踪了整整一个冬天，来年春天，村子里的人们终于找到了袁大。

在柳河沟边割柳条的五爷，先是看见了柳河里漂起的一只大柳筐。柳筐编成了圆形，柳条之间严丝合缝，一看就是出自袁大之手。这个柳筐没有开口，像一枚巨大的鹅蛋，晃晃悠悠地在河水里浮着。五爷费了好大的力气才把这个圆形的柳筐捞上岸。顺着柳条间的缝隙向筐里看时，就看见了袁大。

袁大编的最后一只筐把自己装了进去。

陷阱

　　我小时候差不多算个神童——过目不忘，出口成章。比如，看见放牛的傻玉一脚踩进我刚挖好的陷阱里，我就会即兴吟出这样的诗句："傻玉傻玉真可笑，愣往陷阱里面掉。牛都知道绕道走，你却傻得往里跳。"可能有人会说，这算不上什么诗，这是对人的污辱。但我的伙伴们不这样认为，第二天，傻玉又一次掉进陷阱里时，他们和我一起朗诵了这首诗。我们嘹亮的声音一直把傻玉送出了很远才停下来。

　　如果有人认为我小时候的游戏项目仅仅是捉弄一个放牛的傻子，那就大错特错了，我们还有许多好玩的游戏，比如下五道、憋死牛，再比如玩连。

　　连是诸多游戏中最复杂的一种，有九连十二连两种玩法，全都变化多端，奥妙无穷，凝聚着发明者的智慧。不夸张地讲，我八岁的时候，玩连，在我们村子里已经是杀遍天下无敌手了，当然我说的这个天下仅限于孩子们，我所玩的连也仅限于九连。十二连过分地复杂了，其中的变化和中国象棋不相上下，我们这些孩子是很少问津的。

　　我们玩连是擂台赛，每次玩时情况大体相同，我蹲在擂主的位置上轮番接受伙伴们的挑战，直到把他们杀得大败而归，颜面无存，再没有一点比试下去的勇气，接下来，我会得意洋洋地环顾四周，"嗯，你们几个，谁还敢来？"往往这时候他们就把目光投到别处，让我把趾高气扬发挥到极致。

　　有一天出现了意外，我挑战的目光追得伙伴们无处藏匿时，有一个声音在我对面响起，"嘿嘿，我跟你玩一盘。"我看见，我的对面蹲着傻玉。

　　傻玉父母双亡，他从小就给生产队放牛，每天只会嘿嘿地傻笑，所以，我们都叫他傻玉。我傲慢地看他一眼，"你会玩吗？你知道什么叫连吗？"傻玉说："嘿嘿，嘿嘿，你先走吧！"这家伙公然向我挑战，还敢让我先走，让我颇为不快，我二话不说，抬手放上了第一粒子。

一次失败的劫持

连这种游戏兼具围棋和象棋的特点，首先要像围棋似的抢占有利地势，然后才能如象棋似的展开厮杀。傻玉"嘿嘿"笑着，也下了第一粒子。开始，我一点也没把他放在眼里，轻松自如地下着手里的棋子，但很快我就发现情况不妙，傻玉似乎无意之中摆下的棋子往往正是棋局的要害之处，棋子下完进行厮杀时，我立刻被杀得落花流水。第一局，我输了。我认为输的这一局是轻敌所致，很快又下了第二局，这一局我看到了一个绝妙的棋步，很快落下了棋子，结果我又输了。一连下了五局我都以失败告终，而且往往是我认为胜券在t握时，突然败得落花流水，我似乎每次都落入了他设好的圈套里。我额头上冒汗，脸上发烧，实在没有勇气再和他下第六盘了。傻玉"嘿嘿"地笑两声，牵着他的牛走了。我盯着棋局发愣时听到远处傻玉的声音传过来："大勇大勇真可笑，愣往陷阱里面掉。我都知道绕道走，你却傻得往里跳。"

从此，我再不敢和傻玉下连，也再没挖陷阱害过他。

一天，我们几个骑着竹竿儿在街上狂奔时，看见傻玉正和大人们玩连。他们玩的是十二连，傻玉战败了所有对手，一直在擂主的位置上蹲着。一个输了的人说："连玩不过你，象棋你行吗？"据我所知，傻玉从来也没有下过象棋。但傻玉还是"嘿嘿"地笑了两声说："你先走。"这第一局傻玉输了。那人长出了一口气，总算找回了点面子，"看看，看看，象棋你就不行了。"傻玉笑了两声说："再来一盘。"这一盘傻玉赢了，接下来又下了几盘，傻玉又都赢了。这时候，一个到我们村子下乡的知识青年挤进了人群，大家一看是他，就纷纷让出了位置。听说这人以前是市里的象棋冠军，村子里没人敢跟他下棋。但傻玉似乎不以为然的样子，"嘿嘿"地笑两声和对手展开了厮杀，大家都没看清是怎么回事的时候，象棋冠军扔了手里的棋子，说一声，"我输了"，然后扬长而去。

傻玉从此成了尽人皆知的象棋高手，再没人敢跟他下棋。据说后来那位知青回城后介绍傻玉进了市象棋队。

多年以后我再次看到他时，是在电视上，他获得了全国象棋冠军，成了一位象棋大师。他和另一位大师的决胜局堪称象棋史上的经典之战，他是在对方将他逼入绝境时突然转败为胜的。记者采访他时，他"嘿嘿"地笑了两声，说出的话出人意料，他说："我其实不会下棋，我只知道挖下陷阱等着别人去跳时，自己往往已经先掉进了陷阱。"

游戏

　　我小时候非常崇拜我的老舅爷，崇拜到了五体投地的程度。不光我，我哥也崇拜他，不光我和我哥，我们村子里所有的孩子都崇拜他。

　　老舅爷是村里的电工，姓贺。长着一副高大魁梧的身材。差不多每天晚上，他都会挎着一套电工用具，威风凛凛地走在村子里。所过之处，孩子们不断地跟上他，到村中的场院时，他的后面已经有了一支声势浩大的队伍。我拉着老舅爷的一只胳膊，我哥拉着他的另一只胳膊，我俩一齐问："老舅爷，今天我们玩什么？"后面的孩子们也问："老舅爷，今天我们玩什么？"我和我哥傲慢地扫视着后面的孩子们，"是我的老舅爷，不是你们的老舅爷呀！"孩子们一齐讨好地向我俩眨着眼睛。老舅爷是我小时候得意的资本。

　　老舅爷站在场院中间，两只手掐着腰，突然从左右两边的皮带下各抽出一把手枪来，举过头顶说："今天，咱们就玩打仗吧！"

　　老舅爷经常能想出一些出人意料的游戏来。比如他能用电工刀将两块木板变成两把威风的手枪，成为打仗游戏的道具。再如，他能做出各种动物形状的风筝，让我们牵着在野地里奔跑。他还能将一只母蜻蜓用一根线绑着，在河边转眼就擒获众多的公蜻蜓。

　　老舅爷经常和我们一起疯狂地跑在场院里，也经常像孩子一样因为某一个游戏规则和伙伴们争得脸红脖子粗，各不相让。他带我们玩游戏时表现得公平而且公正。例如，玩打仗游戏时，在角色分配这个问题上从来都用手心手背来做出决定，并不因为他是大人就理所当然地担任司令的角色。他非常遵守游戏规则。

　　老舅爷曾经当过兵，村里还有几个人是他的战友。我没看到那几个人谁做过木头枪，也没见他们参与过孩子的游戏，他们更热衷于喝酒打扑克玩麻将。这几个人混得都比老舅爷好，都当上了干部，有一个已经调到乡里做了副乡长。只有老舅爷还是一个普通的电工。在他的家里，我经常听到老舅奶叹息着劝我的老舅爷，"你也学学人家，送送礼，走走关系，争取挪挪窝。"老舅爷说："挪什么窝，现在这样有吃有喝有玩的，我看着就挺好的。"说着，老舅爷就拉起我往外走。老舅奶就无奈地叹息起来，她的叹息声一直能把我们送出很远，才停下来。

我不时会看到老舅奶哭得鼻涕一把眼泪一把地对我妈说："你说说你老舅这个人，四十多岁了，整天和一群孩子在一起，一点正事儿没有，可怎么跟他过呀？"我说："怎么不能过？天天都能玩游戏！"老舅奶怨恨地看我一眼说："小孩子懂什么？"我妈没有像她那样看我，抬手给了我一巴掌，只说了一个字，"滚"。我滚了，却没有走远，躲在门外继续听她们说话。我妈说："真是个老顽童啊！啥时候能长大呢？"老舅奶说："我看他是长不大了，从我认识他那天他就这样，这日子是没法过了。"

老舅爷和孩子们游戏说笑，但在大人中间却出奇的沉默寡言，近乎木讷。他从来不像别的电工似的尽力去讨好村里的干部们，这最终让他丢掉了电工的工作。老舅奶无奈地叹口气说："看看，看看，挺好的工作让你给玩没了，你说你一天净寻思些啥呢？"老舅爷笑笑说："不当电工，我还能种地，还能饿死不成？"说着搂着我的肩膀转身走出去，又加入了游戏的行列。

大约是不久后的一天中午吧！老舅爷回到家时没有看到老舅奶，他以为老舅奶是在和他捉迷藏，找遍了屋子里所有能藏人的地方，最终还是一无所获，老舅奶从此在他的世界中消失了。但他仍然每天和我们在一起玩游戏。他经常对我说："你老舅奶肯定是藏在什么秘密的地方等着我去找呢！早晚有一天我会找到她。"

多年后我才明白，大人世界中另有一套游戏规则，这种规则大概老舅爷一点都不懂吧！

最近一次见到老舅爷是在半年前，因为一项工作，我顺便回了一趟老家。走进老舅爷家时，没见到他人，屋子里空荡荡的。我正琢磨着老舅爷去哪儿了时，一个人突然从门背后跳了出来，大喊了一声"哒"。这时的老舅爷已经七十多岁了，他的一声"哒"让我一下子想起了久违的童年。

一张饼

袁大把一碗面糊糊喝得轰轰烈烈，喝完了，又仔细地舔一遍碗，直到那只碗照出了他的影子。放下碗，袁大看着饭桌上的一只苍蝇说："妈，我走了。"

李彩霞敞着怀，一只奶头放在袁二的嘴里，两只手捥撒着，正纳一只鞋底子。从袁大记事时起，李彩霞就在纳鞋底子。袁大有时候想："妈为什么要纳一大堆鞋底子呢？过去爹在时她就没完没了地纳，现在爹不在了，她还是没完没了地纳。鞋底子又不能煮成面糊糊，喝进肚子里。"

李彩霞说："你走吧，别忘了把干粮揣上，过马路加小心。"袁大说："嗯呐！"

饭桌上的那只手巾包热乎乎的，散发着面粉和棉花混合的味道。闻到这味道，袁大就不由得咽口水。包里的那张饼一半是玉米面，还有一半是白面。李彩霞每天早晨都会烙这样的饼，每次都只烙一张，让袁大带到学校去当午饭。袁大把手巾包揣进怀里时，感觉到那张圆形的饼软乎乎地滚过胸口。

袁大背起书包走到门口时，停了下来，咳嗽一声说："妈，我想要一毛钱。"

李彩霞听到这句话，嘴张得老大，瞪着眼睛看自己的儿子，好像她的儿子说完一句话后就变成了怪物。这时，袁大已经开始后悔，怪自己不该提出这个可耻的要求。李彩霞从炕上跳到地下，走到袁大面前说："老大，你刚才说什么，你给妈再说一遍。"袁大没敢再说，用力咽口唾沫。但李彩霞的巴掌还是抡了起来，带着一股风声，落在他的脸上。袁大听见一声清脆的响声，回荡在早晨的空气中。李彩霞用手指头点着袁大的脑门儿说："老大，你咋这么不知道好歹呢，你爹不在了，你弟弟又小，家里哪有钱让你零花？"

袁大说："妈，我要钱没想着要花它。"

"那你想拿它干啥，装在兜里变戏法，再生出一堆小钱来？"

"我想让同学们看看，他们有钱，我也有，咱家不穷，以后他们就不敢再欺侮我了。"

李彩霞听到这句话，嘴又张得老大，瞪着眼睛看自己的儿子。

袁大说："妈，我不要钱了，我走了。"

袁大走到门口的公路上时，李彩霞在后面喊了一声"老大"，追上来，把一枚小硬币塞进他的手心里。袁大把那枚硬币使劲攥一攥，没说话，低着头向学校走去。

李彩霞看着儿子的背影眼圈儿就红了。转身往家里走时，刘志新的三轮车迎面开了过来，车上坐着六七个上学的孩子。刘志新把车停在李彩霞身边说："嫂子，大清早的，你这是要上哪儿去，用不用我带你一段路？"李彩霞指指袁大的背影说："大兄弟，我不出门，孩子起来晚了，怕要迟到，你费心把他捎上吧！"李彩霞看着刘志新把车发动起来，又看见儿子上车后，才转身回了家。

半个小时后，李彩霞在马路上跑着时，两只脚只有一只穿了鞋子，清晨的风呼啸着从她的耳边掠过，把她的脑袋吹得一片空白。跑到刘志新的三轮车边时，她停了下来。她看见车已经空了，车下有一滩鲜红的血。沿着血迹看过去，李彩霞看到了压在车轮下的那只手巾包。这时，报信的刘志新从后面追了上来。刘志新说："嫂子，出了这事，都怨我不好。"停了停刘志新又说："我拦了辆车，孩子已经送医院了。"李彩霞冲着刘志新笑了笑说："大兄弟，谢谢你。"

刘志新说："车开到半道，孩子手里的钱掉到了地上，他一急，没喊我，就跳下去捡，结果……孩子，恐怕没救了。"

李彩霞眼睛看着车下的手巾包说："嗯呐！"

刘志新说："孩子躺在车轮子底下，手里还抓着那一毛钱，抓得紧紧的……"

李彩霞说："嗯呐！"

说完这句话，李彩霞突然趴在地上，向车底下钻去。刘志新说："嫂子，你没事吧，你这是要干什么？"

李彩霞已经钻进了车底下，她的声音从下面传上来："我没事，这张饼，扔了怪可惜的。"

她用了几次力，把那只手巾包拉了出来。

那些

感动

鸭蛋释

妈用房檐下挂着的一长串苞米换回了四只摇摇摆摆的小鸭子。从此，每天放学后我有了一项放鸭子的工作。妈说："二勇，鸭子长大了就能下蛋，下了蛋，妈就煮给你吃。"我不由自主地吧嗒吧嗒嘴儿，妈的话里有一股香甜的鸭蛋味。

四只鸭子好像特别理解我的心情，都很争气地迅速长大了。从长着黄绒毛的小不点儿，变成了披着白羽毛的大鸭子。几乎每天我都要问妈它们什么时候能下蛋。我一问，妈就仔细地看看鸭子们，说："快了，用不了几天了，二勇就要吃到鸭蛋了。"妈的话让我充满希望，我在鸭栏的角落里放下一捆稻草，对每只鸭子嘱咐一遍："记住，你有蛋不要随便乱下，一定要到草上去下。"

一天放学回家，妈捧着两只手说："二勇，猜猜妈手里有什么？"我一下喊出了"鸭蛋"两个字。妈打开手，在她的掌心里果然躺着一颗鸭蛋。鸭蛋是椭圆形的，蛋皮上泛着淡淡的绿光，看上去美极了。当晚，我尽最大的努力放慢进食的节奏，从蛋清到蛋黄，一点儿一点儿地吃下了那只漂亮的鸭蛋。鸭蛋的味道和我想象得一样香甜，仔细品品好像还有一股特别的滋味。妈说："那是你劳动的味道。"

从那天以后，我放鸭子的热情更高了。鸭子们也善解人意，下蛋的热情很高涨，每天放学后妈都会给我一只鸭蛋。

除了鸭子，我家还养了两头猪。妈每天都要到地里给猪们挖一篮子野菜。最近一段时间，我发现妈每天挖菜都回来得非常晚。我想，也许是附近地里的野菜不多了，妈去了更远些的地方。

有一天晚上，我在河边放鸭子时遇到一个打鱼的老爷爷。他指着我的鸭子夸它们长得好。我自豪地扬着头说："当然了，它们每天都下一只蛋呢！"

81

老爷爷看看鸭子，摇摇头说："公鸭子也能下蛋？没听说过，从来没听说过。"老爷爷走远了，我心里却有些疑惑："难道我养的真是公鸭子吗？那鸭蛋又是哪来的呢？"

我提前赶着鸭子回了家，妈还没回来。把鸭子关进栅栏里，我躲在杨树后，盯着妈挖菜回来的那条路。过了一会儿，妈从路上走了过来，让我纳闷儿的是，她的胳膊上挎的不是一只菜篮，而是一左一右两只菜篮。经过家门口时，妈没进家门，径直向村子里走去。我一路跟着妈，最后来到了小强家门前。妈把一篮菜递给了小强妈，又从小强妈的手中接过了一件东西。我看清了，那是一只鸭蛋。

当天晚上，妈把鸭蛋放到我面前，我看着她被挖菜刀磨出一排老茧的手，哽咽着说："妈，我都看到了，以后我再也不想吃鸭蛋了。"妈没说话，紧紧把我搂在怀里。妈的怀抱很温暖，我知道那就是母爱。我还知道，这份母爱能产生奇迹，它能让公鸭子下出蛋来。

帽子

早晨，送完女儿回到家里，她忽然觉得很不安。

本来按她的意思还想往前再送一段路，穿过那两条马路后再返回，可女儿刚好看见一个同学，就急三火四地摆摆手，和她说了声"再见"。等她再想说什么时，女儿已经拉着同学的手跑远了，留给她的只是一个小小的背影。

丈夫还在床上睡着，几个房间里都流动着睡眠的味道。她用鼻子嗅了嗅，从空气里就闻到了属于女儿的气味。回忆起来，女儿的气味已经不知不觉地发生了些微妙的变化，从开始时淡淡的奶香，变成了如今活泼的青春气息。女儿呢，也从咿呀学语的婴儿，成了一名背着书包上学的小学生。想一想，这些仿佛都是一眨眼间的事情。

她坐在沙发上发了一会儿呆，到底还是忍不住走进卧室里，推醒了丈夫。丈夫揉着眼睛，嘟嘟囔囔地问出了啥大事，是天塌下来了，还是地陷了下去。她没有马上回答，努力让自己的心情平静下来后，才淡淡地说一句："我有点儿后悔，刚才不应该让孩子戴帽子。"丈夫听了她的话，一下子从床上坐起来，伸出手摸她的额头，"你没发烧吧，怎么头上一句脚上一句的，说起了胡话。"她打开丈夫的手，撇撇嘴，"你才发烧呢，我说的是正经事。"丈夫就不再理她，翻身下床，躲进了厕所里。她走到厕所门边，还想再说些什么，但话到嘴边又咽了下去，她有点隐隐的担忧："自己会不会一语成谶？"

在办公室里，整个上午，她的心里一直慌慌的，手上的工作也干得丢三落四，顾头不顾尾。眼前始终晃动着女儿戴着帽子的形象。她看见女儿背着书包，戴着帽子走在去学校的路上，眉飞色舞地和同学谈论超级女声。两个孩子还因为喜欢的对象不同，发生了一点小小的争执。然后，她就看见

一次失败的劫持

83

女儿准备要过马路……想到这里，她就赶忙闭上眼睛，再也不敢想下去了。

到中午的时候，她的心更加慌起来。她和丈夫午休的时间都不长，每天中午，女儿都不回家吃饭。每次早晨送女儿时，在路上她都会叮嘱几遍，中午进教室前别忘了给她打个电话。她看看表，女儿放学的时间已经到了，但手机却静悄悄的，毫无反应。单位里的一个同事喊她去吃午饭，她嘴上答应一声，脚下却没动，还坐在办公桌前呆呆地看着手机出神。办公室里只剩下她一个人了，屋子里很静，她甚至能听到自己剧烈的心跳声。女儿午休的时间已经过了，但手机始终也没响起来。她突然想立刻就去女儿的学校看一看。就在她打算出门时，领导交给她一份报表，告诉她一定要在下班之前赶出来。

她的业务水平在单位里是很棒的，如果在往常，这件事情她一个小时就能轻松地做好。但今天却不行，她发现自己每统计一次，结果的数字都不一样，最后，那些数字像一只只小虫子似的从纸上飞起来，让她眼花缭乱，无所适从，她想抓住任何一只，都非常困难。当她终于把报表做好，交给领导时，她看见时钟已经马上就要指向女儿放学的时间了。她又一次看见女儿戴着帽子，心不在焉地从校门口走出来，一边挥手和同学说再见，一边穿过马路……她说声："我得走了，去接女儿"就急匆匆地跑下办公楼，拦了辆出租车，向女儿的学校驶去。

女儿看见她从出租车里走出来时，表现得很惊讶，上上下下地看了她一遍。她也同样上上下下地看了女儿一遍。女儿说："今天怎么了，太阳从西边出来了，打车来接我？"她的脸突然板起来，狠狠地说："中午为什么不给妈打电话"她的声音很大，旁边的几个家长和学生都扭过头来看。女儿觉得很委屈，眼泪一下子涌出来，围着眼圈儿转。"人家忘了嘛，也不是故意的，再说，也不是第一次忘。"

她意识到自己有些过分，搂着女儿的肩膀说："好了，下次别再忘就行了。"

第二天早晨，她找到了另一顶帽子，把昨天女儿戴的那顶帽子扔在了衣柜的角落里。女儿戴上帽子时有些不解，问她干吗换来换去的。她端详了女儿一会儿，淡淡地说："昨天那顶帽子帽沿太长了，挡眼睛。"

门铃

　　十一点四十五分，她把炒好的两盘菜摆上了餐桌。

　　辣椒炒鸡蛋，是丈夫爱吃的。丈夫喜欢吃辣，辣得满头大汗，嘴里"哈哧哈哧"地长出气，还说舒服极了。豌豆炒肉丁，是儿子爱吃的。本来，这个季节豌豆已经下市了，她转遍了整个农贸市场，最后总算在一个角落里找到了那个郊区来的菜农。那人价钱要得很高，一副爱买不买奇货可居的架势。她没有犹豫，爽快地买了。这可能是今年最后一批豌豆，以后，儿子再嚷着要吃，只好等到明年了。盘子里的那些豌豆，每一颗表面都布满了细小的褶皱，闪烁着一点点亮亮的油花，好像是一只只眨动的眼睛。仔细看时，一些油花又悄悄地消失了。豌豆们好像也很顽皮，和儿子一样，喜欢捉迷藏，喜欢恶作剧。

　　她想象了一下儿子吃豌豆时的模样，不由自主地笑了笑。

　　家离儿子的学校很近，如果路上不贪玩，儿子十分钟后就能到家。儿子总是要按一下楼下单元门的对讲门铃，然后才"轰隆轰隆"很大声地跑上来。这幢楼的单元门本来没有上锁，但儿子说："我这么一个大人物回来，咋能一点儿动静都没有？"儿子有点儿像他爸，偶尔喜欢虚张声势地吹点儿小牛皮。每次，听到门铃声，她就把饭盛好，摆在餐桌上。儿子午休的时间很短，午饭也总是吃得着急忙慌狼吞虎咽的。为此，她说过好多次，可儿子就是改不了。儿子读四年级之前，每天她都是做好午饭后骑自行车去接，五分钟就能到家。读四年级后，儿子要求自己走，儿子拍着胸脯说："我已经大了，再接让同学笑话。"

　　十一点五十分，丈夫回来了。

　　丈夫冲她笑一笑，闻了闻盘子里的菜说："咱吃饭吧！"

　　她看了看丈夫，"等几分钟吧，儿子回来，咱三口人一起吃。"

　　丈夫笑了笑，样子有些无奈。

一次失败的劫持

五分钟后，门铃没有响。

她拿起一块抹布，却忘记了要擦什么地方，只好又把抹布放下。

丈夫正坐在沙发上抽烟。

她像是自言自语又像是对丈夫说："儿子是不是又在路上贪玩了？按理说该到家了，要不给儿子的班主任打个电话，问一下放没放学？"

丈夫不说话，轻轻地叹了口气。尽管声音很低，但她还是听到了。

"叹气有什么用，小孩子得一点点管教，你小时候就一点儿也不贪玩，不调皮捣蛋？"

她站在门口的鞋架旁，等着门铃一响，就把门打开。丈夫走过来，拉住她一只手，"要不然，咱们还是先吃吧！菜要凉了。"

她有些生气，甩开丈夫的手。

十二点过五分，门铃仍然没有响。

丈夫闭着眼睛靠在沙发上，好像已经睡着了。她火气"腾"一下上来了，走过去拉起丈夫，把他拖到门口。

"你这个当爹的咋没心没肺的，麻溜儿下楼，去迎迎儿子。"

丈夫靠在鞋架上，眼睛看着她，不下楼，也不说话，就那么僵持着。

她忍无可忍，打开门，把丈夫的鞋子扔在门外，用力推丈夫出门。

"去去去，把儿子接回来。"

手扶着门框的丈夫突然张开臂膀，紧紧地把她搂在怀里。

"求求你，别再胡思乱想了。"

她使劲推开丈夫，拿出自己的鞋，准备出门。

丈夫又一次抱住她。

"你冷静点，儿子不会回来了。"

"儿子干吗不回来，他一定是在路上贪玩，忘记了时间。"她用力挣扎着，试图摆脱丈夫，丈夫却把她抱得更紧了。

她四肢剧烈地扭动，用拳头擂，用嘴咬，用脑袋撞。丈夫不动，就那么等着她来打。丈夫的胳膊非常有力，她怎么也挣脱不开。她尖叫一声，像一头发疯的猛兽用手抓丈夫的脸，用脚踢丈夫的腿，大声地咒骂，继而是大声地哭嚎。几分钟后，她晕了过去。

醒来时，她发现自己躺在沙发上，脸上伤痕累累的丈夫正看着她，脸颊上有两行眼泪。她有些不好意思，喃喃地说："我怎么睡着了，门铃响了没？我给儿子做了他爱吃的豌豆呢！"

五一是几号

爹一共来过我的学校两次，两次都让我丢尽了脸面。

第一次，爹送我报到，走到学校门口，突然停下来，把行李从左边的肩膀换到右边，咳嗽一声，冲地上重重地吐一口痰，用他山里人的嗓门儿冲我吼道："老丫头，给爹念念，这木牌子上写的啥玩意？"我看见好多道含义复杂的目光，像训练有素的士兵听到口令一样，整齐划一地从四面八方围拢过来，最后全都落在我和爹的身上，好像我和爹都是怪物。这些目光烤得我脸红心跳，我跺跺脚，没理爹，逃似的跑进了校园里。

爹根本没发现我已经不高兴，迈着大步，"窟咚窟咚"地从后面追上来，固执地把他的问题又问了一次。我无可奈何，小声说了我考上的那所大学的名字。走向宿舍的一路上，爹非常兴奋，只要遇到人，不管人家理没理他，他都扯着嗓门儿，用手指着身边的我，自豪地说我是他的老丫头，考上了某某大学。还说，我从小就是学习的材料。爹可能一点儿也没想到，在这座校园里说这话，非常不合适。最后，我实在忍不住了，带着怨气喊了一声"爹"。爹却不以为然，在宿舍里对同学们又介绍了我一遍。然后，爹卷起一只旱烟，心满意足地吸两口，又补充道："俺家老丫头是个要强的孩子，这回可家伙有了大出息！"

爹第二次来是在一年前，正是五一节前夕。同宿舍的姐妹们都在说黄金周的假期，计划着去哪里旅游。爹没有敲门，"咣当"一声推开宿舍门就闯了进来。惹得姐妹们顿时一阵惊呼，慌作一团——天气热，她们都穿得很少。爹一点儿也没意识到人家为什么尖叫，一进门就喊我老丫头，问我，带的山野菜吃没吃完。对我说，妈让他给我又送一袋子来。爹的肩上背着一只鼓囊囊的麻丝袋子。我看看姐妹们，再看看爹，脸上一阵发烧，不知道该对爹说些什么。爹打开口袋，妮子妮子地叫着，用他的两只大手，从袋子里捧出一把把野菜，自作主张地放在姐妹们的床上。即便人家拒绝他的礼物，他仍然把它们一一送了出去。还不厌其烦地说："菜已经用盐腌好了，拿热水泡一泡，就能下饭吃。"

爹送完了礼物，卷一袋烟，毫不理会姐妹们捂住了鼻子和嘴，坐在我床上有滋有味地吸了几口后，听见了姐妹们说黄金周旅游的事。不知道爹为什么会对这件事特别好奇，他站起身，问她们，黄金周是什么意思？一个姐妹憋住笑告诉他，黄金周就是七天的长假，可以不用上课，还可以出去旅游。爹就显得更加纳闷儿，问："好端端的，学校干啥要放长假？"那个姐妹轻声地笑了，另有两个姐妹也笑出了声。一个姐妹忍住笑说："因为要到节日，五一劳动节，所以学校才放假。"爹又问："劳动节是什么节？"

我无法忍受爹再这样傻乎乎地问下去了，抢着告诉他，劳动节就是全世界劳动者的节日，也叫五一节。

爹似乎明白了学校为什么要放假，点着头，反复念叨着劳动节和五一，从嘴里吐出一口浓浓的烟，突然又问了一句："劳动者是些啥人呢，谁答应让他们过节的？"

爹这句话说完后，宿舍里的姐妹们再也忍不住，一齐发出了响亮的笑声。爹也咧开嘴笑了笑，摸着自己的脑袋问我："老丫头，你告诉爹，那个劳动节——五一是几号呢？"我羞愧得满脸通红，抱怨地喊了一声爹，眼泪就流了下来。爹没看到我的泪水，又接着问姐妹们，旅一次游得花多少钱？

爹离开学校五天后，我收到了他寄来的三百元钱，在附言里写着旅游两个字。半个月后，我收到了爹的信。爹不识字，信是我的小学老师写的。在信里，爹问我，寄的钱是不是已经收到了。爹还说，爹的老丫头和别人比，不缺啥也不少啥，人家去旅游，你也得去旅游，钱可能不太够，找便宜的地方去游吧！在信里，爹还说，他已经知道了劳动节是全世界劳动者的节日，也知道了五一是五月一号。爹说，他还知道了，原来自己也是一个劳动者。最后，爹让我放心去旅游，不用惦念家里！在信纸的背面还写着一句话：祝老丫头劳动节快乐！

我没想到，暑假回到家时，竟然看见爹瘸了一条腿。爹看见我，有些慌张，咧开嘴笑了笑，响亮地冲着屋子里喊："她妈，赶紧杀鸡，咱老丫头回来了！"

妈告诉我，爹的腿是在崖上采山野菜时摔断的，那面崖很陡，但长的野菜很新鲜，一看就知道能卖好价钱。妈还说，你爹盼着多采些野菜，好快点还上那三百元钱的债！

爹从此再没来过我的学校。

我刚刚给他和妈寄了一封信，信的末尾写着两句话：祝爹劳动节快乐！祝妈劳动节快乐！写下这两句话时，我哭了，眼泪滴到了信纸上。

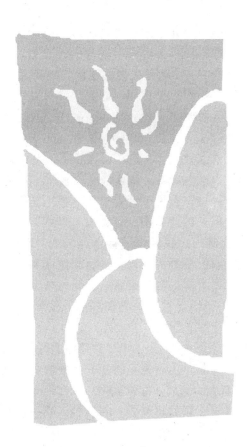

一次失败的劫持

面子

　　放学后，我和刘强一溜儿小跑，迅速躲进学校旁边的杨树林里，捏紧拳头，虎视眈眈地盯着校门口。夕阳照在我俩的脸上，反射出凶巴巴的光芒。我们要教训一个人，一个叫赵大力的家伙。他昨天刚从外地学校转来，竟然敢不给我面子。今天第二节课间时，大家都靠在东墙边晒太阳，我提议每人唱一首歌，别人都唱了，轮到他时，我怎么说他都不唱，而且一言不发瞪着眼睛冲着我摇头。我再让他唱时，他竟然一转身回教室去了。我对刘强说："我要教训这家伙一顿，这小子太狂了，是可忍，孰不可忍！"刘强说："我帮你，给他点颜色看看，就算是他叔能忍，他婶还不能忍呢！"

　　我们埋伏了几分钟后，看见了背着书包从校门里走出来的赵大力。他的个头和我差不多，但长得比我瘦，就算没有刘强，我一个人对付他也绰绰有余。借着树干的掩护，我俩悄悄接近赵大力，冷不防跳出来大喝道："赵大力，你给老子站住。"赵大力停住脚，疑惑不解地看着我和刘强，吃惊地睁大了眼睛。我走上前，恶狠狠地推了他一把："说，以后还敢不敢不给我面子？"赵大力不说话，看一眼我和刘强，显然明白了我俩儿的意图，一扭身，夺路而逃。看来他是想三十六计，走为上了。我一个箭步冲上去，伸出右腿在后面给他来了一绊子。赵大力"扑通"一声，重重摔在地上。我和刘强骑在赵大力身上，让他美美地尝了一顿拳头。我边打边问："以后你给不给我面子？"赵大力这家伙非常倔强，趴在地上，一句话不说。

　　我们俩打累了，才放了赵大力。看着他一瘸一拐地离开，我俩得意地扬了扬拳头。

　　第二天课间时，大家又在墙边晒太阳，我提议放学后一起去偷萝卜。别人都同意了，但赵大力摇摇头，一句话也不说。我心想，这家伙真是死不悔改，竟然还敢不给我面子。

赵大力好像和我示威似的，在一节课后递给我一张纸条，然后就不屑一顾地走开了。我看见纸条上写着："对不起，放学后我家里有事，不能去。"我几下把纸条撕成了碎片。

　　放学后，我和刘强在树林里拦住了赵大力，又修理了他一顿。这次我俩下手较重，赵大力的鼻子冒血了，衣服也撕开了一条口子。我冲他举着拳头威胁说："不许告诉家长，否则明天还揍你。"赵大力不回答，低着头走了。我跟刘强使了个眼色，跟在他身后，我们要看看他敢不敢把挨揍的事说出去。

　　赵大力家住在另一个村子里，我们一路跟踪来到一座低矮的房子前。在屋门口赵大力擦擦鼻子下的血，推开门进去了。我俩一左一右闪在门边，听着屋里的动静。屋子里传出了一个女人的声音，看来一定是赵大力的妈妈。她说："大力，你的衣服怎么破了？"我的心提到了嗓子眼儿，如果赵大力说出去，明天老师肯定会收拾我和刘强。赵大力没说话，好像正在用力抬着什么东西。我偷偷从门缝里看了一眼，原来他正把他妈妈往床上抱，看上去他妈妈的腿好像有毛病，难道他说的有事就是指照顾妈妈？

　　这时，屋子里突然传出赵大力妈妈的哭声，边哭边说："大力好可怜，受了人家欺侮都没法说出来，要是你爸爸还活着……"我心里一震，和刘强互相看了一眼，我们同时意识到：不给我面子的赵大力原来是个不会说话的残疾人。

　　那天以后，我再没要求过赵大力给我面子。我、刘强、赵大力成了好朋友，每天晚上放学后我们一起照顾赵大力的妈妈。不管在学校还是在村子里，我都经常扬着拳头对别的孩子说："赵大力是我朋友，谁也不许欺侮他，欺侮他就是不给我面子。"

一次失败的劫持

找中指

　　阿强和阿丽结婚五年了，还喜欢做一些小孩子的游戏。晚上躺在床上，脸对着脸，一个人用一只手攥住另一只手的手指，只露出五个圆圆的指尖，让另一个人来找中指。找对了，刮对方一下鼻子，错了，要被对方刮一下鼻子。阿丽输的时候往往要耍赖，把身子转过去，让阿强刮不到她的鼻子。阿强说一句"又想要赖了是不是?"突然把两只手伸进她的腋窝里，阿丽回过头来，也把手伸进阿强的腋窝。于是，两个人的笑声像两只皮球一样在房间里欢快地跳跃起来。他们需要让屋子里经常充满这样的笑声，要不然，屋子里会显得很冷清。

　　五年前进行婚前检查时，查出阿丽患有一种血液病。医生告诫说："这种病千万不能怀孕，否则极易引起大出血，有生命危险。"五年来，他们一直小心谨慎，步步为营。他们的两只床头柜里，一只装着一盒盒的安全套，另一只装着一瓶瓶的避孕药。

　　五年来，两个人一看到和自己年龄相仿的夫妻纷纷抱上了可爱的小宝宝，心里就想着他们也应该要一个属于自己的孩子，但想起医生的告诫，又只得一次次作罢。

　　阿强是搞测绘工作的，长年在外地作业，每次阿丽送阿强出野外，都会给他买一大堆小食品，隔着车窗说："多吃饭，少抽烟，干活别玩命。"听起来就像是对待一个大孩子。阿强在外地，每星期都会给阿丽打两三次电话，每次都要叮嘱阿丽好好吃饭，好好睡觉，注意身体。那口气，也仿佛是在对一个孩子说话。

　　阿强在家时，两个人每天晚上都会去公园散步，遇到蹒跚学步的孩子，阿强看得发呆，阿丽也看得发呆。晚上躺在床上时阿丽就说："医生说的是'极易'，没说是一定。"阿强叹口气说："不怕一万，就怕万一啊!"于是他们只好把对孩子的渴望又一次深深地埋藏到心底，继续做他们找中指的游戏。

双方的父母急着要抱孙子、外孙子了，两家人时不时地会对他们说一句："到时候了，还等什么？"阿强总是低着头说："不急，不急。"阿丽红着脸说："我们心里有数。"老人渐渐地就不再问，只是默默地独自叹口气说："这两个孩子，搞不清到底是咋想的。"

好在两个人并没有因为孩子的事闹过什么矛盾，阿强从未怪过阿丽，阿丽也越发地体贴阿强。他把她当成孩子，她也把他当成孩子，两个大孩子就这样在儿童的游戏中打发着二人世界的时光。

一天晚上，出了三个月野外的阿强回到了家里，上床时阿强打开床头柜，发现里面空空如也，阿丽拉着阿强的手说："没关系，我吃药了。"不久，阿强又出了野外，这一去就是两个月。

这天，阿强突然接到母亲打来的电话，让他火速回家。路上，阿强以为是长年生病的父亲出了意外，当他跑到医院，却出乎意料地看到了奄奄一息的阿丽。

阿丽的脸惨白如纸，妈妈告诉他，是失血过多造成的。听到阿强的呼唤，阿丽勉强睁开眼睛，羞涩地笑了笑说："我想给你生个孩子，结果，还是没有做到。"阿强的泪不由自主地滚落下来，哽咽着说："都怪我，我那天回来时本来买了，却没拿出来用。"阿丽吃力地笑了笑说："不，柜子里的东西是我藏起来的，我故意没有吃药，我听到你几次说梦话时喊了'宝宝'……"

阿强扇着自己的耳光说："是我不好，是我害了你。"阿丽摇了摇头说："真的不怪你，我自己也想着能做妈妈。"阿强抓着阿丽的手，哭成了泪人。

阿丽轻轻抚着阿强的头发说："听话，别哭，让我再找一次你的中指吧！"阿强含着眼泪，用一只手攥住另一只手的手指，泣不成声地说："找吧！输了，可不许耍赖。"

阿丽睁大了眼睛，吃力地看了看，伸出一只手按在了阿强的中指上，断断续续地说："松开手，看我找的对不对。"阿强松开自己攥紧的手指，阿丽的脸上露出一丝淡淡的笑容，一只手指弯曲着，伸向阿强的鼻子，阿强把鼻子凑上去，闭着眼等着阿丽来刮。

阿丽的手指在阿强的鼻尖上轻轻掠过，如一片羽毛般飘落在病床上。

一次失败的劫持

仲夏的夜里

　　这是一个仲夏的夜里，老孟和老伴并排躺在床上。窗外，不知什么虫子不停地撞着玻璃，"啪嗒"一声落了下去，以为不会再来了，沉寂了一会儿，又卷土重来，非要粉身碎骨才肯罢休的样子。远处，澄净的蛙鸣被风断断续续地吹进屋子里，搅散了两位老人的梦。"它们是在东大坑叫吧！"老伴缓缓翻了个身说，"听起来像是在西大坑"老孟说。

　　"我说是东大坑，你耳朵不灵喽！"

　　"应该是西大坑，我耳朵灵着呢！是你自己耳朵不灵喽！"

　　"你耳朵灵，前天后街老王头喊你半天你咋不应？"

　　"我那是逗老王头玩呢！"

　　"你想不逗来着，你得听得见啊！"老伴说着剧烈地咳嗽起来。老孟翻过身来，轻轻地给老伴捶着后背说："我仔细听了，确实是东大坑。"老伴不咳了，也转过身来，和老孟脸对着脸，抬起手来推了老孟一把说："老东西，就会顺情说好话，捋杆儿往上爬。"老孟咧开嘴，无声地笑了。老伴也笑了，咯咯地笑出了声。老孟说："想起啥事儿了，这么高兴？"老伴不回答，还是不停地笑。天上，一轮皎洁的月被老伴的笑声震得一颤一颤的，抖着。

　　"生春生那年，杏子到底下没下来啊？"老伴问。

　　"说过多少次啦，肯定是下来了嘛！不下来，你咋吃进嘴里的？"

　　"老东西，那时才刚开春啊！杏花还没开呢。"

　　"反正是下来了，要不，我上哪给你讨弄去？"

　　"春生今年五十岁了，这事儿我纳闷了五十年，今晚儿你告诉我句实话，那杏到底是哪来的？"

　　"想听实话，像当年那样叫我一声，我就告诉你。"

最具中学生人气的微型小说名作选

"那时候我挺着个大肚子，就觉得嘴里头没味，我就跟你说了，'大刚哥，俺想吃杏呢！'过了几天你从外面进来，给了我一个手巾包，我打开一看，全是鼓溜溜的青杏，吃一口，酸得我直流口水，真解馋啊！我叫过了，你说吧！"

　　"这不算叫，你这是讲故事呢！我想听你像当年似的，正儿八经地叫一声。"

　　老伴张了张嘴，突然又咯咯地笑了起来说："多长时间不叫了，还真叫不出来呢！"说着又剧烈地咳嗽起来。老孟轻轻地捶着老伴的后背说："叫不出来就算了，还是告诉你吧！那年正好后街老王头到南方出差，我让他给你带回来的。"老伴喘着气说："我说的吗，咱这地方杏还没下来呢！老东西，瞒了我五十年呢！""最后还不是告诉你了！"两个人都笑了，笑过一阵，忽然都不说话了，屋子里显得空荡荡的。老孟拍了拍老伴的肩膀说："他妈，又想春生了吧？"

　　"不知道美国那边现在是啥季节呢？"老伴幽幽地说。

　　"啥季节也冻不着那个兔崽子。"老孟突然很气愤。

　　"老东西，不兴你叫他兔崽子，他是我儿子。"

　　"他还是我儿子呢！总也不回家，他就是兔崽子。"

　　"他忙啊！"

　　"忙，忙得爹妈都忘了。"

　　"上回打电话来，不是说今年春节肯定回家吗，还说把重孙子也抱回来呢！"

　　"这个兔崽子，去年打电话也是这么说，你看着他人了吗？"

　　老伴又咳起来。老孟拍着老伴的后背说："想想也是，他确实是忙啊！"

　　老伴喘息了一阵说："瞅照片，重孙子长得好看啊！"

　　"倒是像老孟家人。"

　　老伴又咯咯地笑了说："你老孟家祖宗八代有长那么好看的吗？他是混血儿，混血儿才那么好看，懂不懂，老东西。"老孟也笑出声来说："你说的对，还不行吗？这辈子你净揭我的糊嘎巴。"

　　两人一时都不说话了，窗外的虫子还在撞着玻璃，蛙声沉寂了，大概青蛙们已经睡了。

　　老孟说："他妈，睡了吗？"老伴说："还没呢！后背痒得难受，给俺挠挠吧！"老孟把手伸进老伴的衣服里，轻轻地给老伴挠起了后背。老伴说："向上，再向上一点儿，再向左一点儿，对了，使劲。"老孟挠着说："想起来你这后背挠了一辈子了，我就没整明白，你是真痒痒还是假痒痒。"老伴不应声。老孟放慢节奏，最后把手停在了老伴的后背上，心里想，他妈这是睡了呀！一阵困倦袭来，老孟把手抽回来，也打算睡了，突然听到老伴喊了一声"大刚哥"，看老伴时，老伴却一动不动地躺着，想来是梦话吧！老孟翻个身，也跟进了梦里。

　　老孟不知道，老伴已经永远睡在梦里了，再也不打算起来了。

　　黑暗中，老伴的脸上还挂着一丝淡淡的笑容呢！

真正的朋友

老邱的儿子小邱要到北京去读大学，头一天晚上，老邱交给儿子一封信，"有什么大事，找信封上的这个人。"老伴儿说："人家现在是名人，还能记着你一个小学教师，要不你给他打个电话？"老邱沉着脸，不理老伴儿，对小邱说："记住，不是大事不许去。"小邱说："我就说我是您的儿子？"老邱说："不用，你就说你让他做什么。"

小邱在北京读了三年大学，风平浪静，没出什么大事，慢慢地就把那封信忘了。第四年的时候，一天晚上小邱突然腹内剧痛，送到医院一检查，急性胃溃疡，需立即手术切胃。那就切吧！医院不给切，要交押金一万元。切了给不起钱怎么办？小邱没有，同学们也没有。一着急小邱想起了三年前老邱的那封信，那信压在小邱的皮箱底下。他让一个同学赶紧去宿舍找，火速去见信上的那个人。

手术后第二天，那个同学对小邱说："真神了，我把信交给他，他又拿出一封信放在一起看了看。问了我一句话，'让我做什么？'我回答，'要一万元钱。'那人二话不说，把钱和信一起给了我。"

小邱打开信封，看到一幅画，画的是一只伸出的手。

转眼放寒假，小邱出院回家。老邱问："他还好吧？"小邱说："我正想问您呢，您那个朋友怎么是个年轻人？"老邱久久无言，有两行泪从脸上流了下来，喃喃道："原来他已经先走了。"

不久，老邱出了车祸，临终前对小邱说的最后一句话是："记住，以后如果有人拿着同样的画来找你，把两张画叠起来，只要两只手握在了一起，别问他是谁，按他说的做，要不然我就没有你这个儿子。"

嫁衣

老孟坐在床上，他的周围是一大堆的碎皮子。

老孟想到自己该做点什么后，就到市场上买回了这堆碎皮子。买的时候卖皮子的说："您老这是要做垫子吧！这东西做垫子最好了，老年人散步累了，走到哪往身下一垫，坐着它，隔潮，还舒服。"

老孟笑着摇了摇头说："我是要做衣服呢！"

"这巴掌大的东西能做衣服?"

"能做，能做。"

"就算能做，哪个裁缝店愿意给您做呢?"

"不用裁缝店，我自己做。"

老孟蹲在摊子前，一块皮子一块皮子地挑选，用了半天的时间终于选好了，把装得鼓鼓囊囊的一只大包袱背回了家。

老孟把身边的皮子按颜色归笼到一起，一共是二十几种颜色，摆了二十几堆。白的、黄的、红的、绿的、黑的……老孟拿起一块白色的皮子轻轻摸了摸想，这白色就像是女儿的童年啊！

妻子开怀晚，到他四十岁那年才生了这么个女儿，女儿一出生，妻子只看了一眼就死了。他一个人带着女儿过日子，一把屎一把尿的，总算是把女儿拉扯大了。那时候老孟正开着一家裁缝店，他做衣服的时候女儿就在他的身前身后转，拿起这块布在身上比一下，又拿起那块布在镜子前面照一照。想起来心酸啊！那时候女儿就从来没穿过一件整块布做的衣服，所有的衣服都是他拿剪裁下来的碎布块给女儿拼的。女儿从不挑剔，穿上了那样的衣服还美得在屋地上转圈，嘴里说："好看，真好看啊！"搂着他的脖子说："爹的手可真巧啊！"然后，就麻溜儿地把新衣服脱下来，叠得整整齐齐地放进柜子里，"还是等着过年时再穿吧！过年时爹就不用再给我做了"说着就到厨房里烧火做饭去了。女儿七岁就会给他做饭了，也是穷人的孩子早当家呀！没有女主人的人家，日子过得苍白啊！

放下白色的皮子，老孟又拿起了一块黄色的皮子。皮色很柔和，给人暖暖的感觉。女儿不知不觉中一点儿一点儿地长大了，上小学，读初中，念高中。女儿懂事，一点儿都不用他操心，洗衣服做饭也没误了自己的学业。想起女儿当年学习的事儿，老孟心里就暖烘烘的，女儿聪明，从一上学开始，成绩就是全班的第一名。只有一次考了个第五，那回是他得了病，女儿在医院伺候了他半个月。女儿高中毕业了，有一天拿着大学的录取通知书跑回了家，高兴了一阵子突然说："爹呀，我不想去念大学了。"老孟沉着脸看着女儿。女儿说一句，"我走了，就没人给你洗衣服做饭了"泪就流了下来。老孟说："你走你的，爹这么大人了还照顾不好自己吗？"眼泪不由得也流了下来。最后他是硬逼着女儿走的，送站那天，他站在站台上流泪，女儿站在车厢里流泪。模糊的泪眼里，他看到了女儿身上穿的那件花衣服，那是女儿长这么大，他给做的第一件整块布的衣服。

老孟放下那块黄皮子，忽然发现自己的脸上不知什么时候挂上了两行泪珠，自言自语地说一句："老了，老了，越老越没出息了。"

女儿三年前大学毕业了，说什么也要回这座城市。女儿说，从小在这里长大的，感觉亲切！老孟知道女儿是想着和他做个伴，给他洗衣服做饭照顾他的生活呢！

工作后的女儿每个月都把工资全交给他，说什么也不让他再做衣服了。"我的工资就能养爹了，六十多岁的人啦，也该歇歇了。"不久，女儿恋爱了，却迟迟不肯结婚，老孟知道女儿是不愿意扔下他一个人。是他对女儿说："你二十五了，爹还盼着抱外孙子呢！再不结婚爹就真生气了。"这样女儿才定下了结婚的日子。

老孟抚摸着一块块皮子，仿佛摸着从前女儿在他身边时的一个个日子。二十五年，三百个月，九千多天，这些日子流水一样从他的指尖上滑过了。他开始给女儿做衣服了。选料、剪裁，一针一针细细地缝着。

女儿结婚这天所有人的目光都被女儿身上的衣服吸引住了，那是一件有着红、黄、白、黑、绿等二十几种颜色的皮衣，做得天衣无缝，就像是

一次失败的劫持

有着几十种色泽的一块皮子做成的。人们都说，这衣服太美了，新娘子太美了。

老孟听着大家的议论，看着女儿穿着他亲手做的衣服举行结婚仪式时，满意地笑了。那衣服上有一个秘密，他还没有告诉女儿呢！

这件衣服上一共有二十五种颜色，用了三百块皮子，缝了九千一百二十五针。

最具中学生人气的微型小说名作选

课堂上的口哨

　　老师的一条腿有毛病，走起路来一沉一浮的，为此同学们私下里都叫他鱼漂。有一天，老师在课堂上布置了一道分组讨论题，内容是"什么是勇敢？"大家发言都很积极，有人说勇敢就是视死如归；有人说勇敢就是见义勇为；还有人说勇敢就是知错能改……大家七嘴八舌，各执己见。老师在教室里走来走去，不时听听同学们的发言。这时，教室里突然响起了一个极不协调的声音，声音虽然不大，却特别刺耳，毫无疑问，是有人胆大包天吹了一声口哨。

　　教室里突然之间一片沉寂。老师三步两步走到讲台上，阴沉着脸把教室里所有的人看了一遍。声色俱厉地问："刚才的口哨是谁吹的？"教室里无人应声。老师怒不可遏，提高了声音吼道："我再问一遍，口哨是谁吹的？"还是无人应声。老师用教鞭"啪啪"地抽打着讲台，喝令全体同学从座位上站起来，说："如果没人敢承认，你们就一直站下去。"

　　不一会儿，教室里传出几个女同学的哭声。有一个男生忍不住喊了一声："口哨是我吹的，和别人无关。"他的话音刚落，又有一个同学大声说："口哨是我吹的。"接着又有两个人说了同样的话。老师看了同学们一眼，语气缓和了一些说："四个人都说吹了口哨，很显然是不可能的事，同学们都请坐，我给你们讲一个故事："十几年前，有一个刚从学校毕业的年轻老师，参加工作不久就被人强加了一个莫须有的罪名，他们日夜审问逼他承认。这个年轻人非常倔强，始终咬定他没犯那样的错误。最后他的一条腿被打折了，落下了终生残疾。"同学们面面相觑，搞不清老师为什么要讲这么一件事。老师平静地看了看同学们，接着说："你们说得没错，视死如归、勇于认错、见义勇为、泰山崩于前而面不改色，这些都是勇敢，但还有另一种勇敢，这就是拒绝。不是自己做的事情不管压力多大，都不承认，这同样是一种勇敢。我知道刚才你们都没吹口哨，你们谁都没有错，因为口哨是我吹的。"

　　下课时，同学们看着老师一沉一浮地走出教室的背影突然明白了，他就是当年那个被打断腿的年轻老师。

上坡

　　老人拉着车来到那面坡下时，初升的太阳把坡顶的地平线染红了，细细的一抹朝霞，红丝带般地缚着。

　　老人看一眼朝霞想，这个时候老伴一定已经起来了，锅里熬的粥正"咕嘟咕嘟"地冒着泡，老伴呢，肯定正在附近的早市上挑挑拣拣地买菜。老伴会说，黄瓜多钱一斤啊？一块二？怎么涨到一块二了，昨天不是还一块一吗？买不起喽，买不起喽，茄子呢，茄子咋卖的？老伴打问着价钱，会从市场的这头一直走到那头，再从那头走回来，把比较出的最便宜的菜精挑细选后放进篮子里，每买一种菜都要说上一大堆——太贵了，菜都吃不起了的话，往往搞得卖菜的人一脸的惭愧。以前，他跟老伴买过几次菜，遇到这样的情况他就会说，买菜嘛，说这么多废话干什么？老伴扭过脸来使劲地瞪他一眼，从那以后再也不让他跟着买菜了。老伴从市场里走出来时，臂上的篮子里已经装满了菜，里面一定少不了这三样：豌豆是八岁的孙子爱吃的，几只尖辣椒是给他炸酱的，一捆小生菜是蘸辣椒酱吃的；小生菜蘸辣椒酱，那味道，绝了。老伴说，穷命吊，偏得意这口。

　　想到这，老人不由自主地笑了，露出牙上的两个黑窟窿，老了吗！快七十岁的人了，牙，两年前就开始掉了。老人在手上吐两口唾沫，把拉车的绳子搭在肩膀上，一只手臂在前，一只手臂在后面抓紧绳子，开始爬坡了，这个坡一过就能看到自己的家了，小孙子也许正在家门口等着他呢！车辕上挂的塑料袋里装着给孙子买的油条，热热的，还冒着气呢！

　　老人的身体弯成了一张弓，两脚用力抓着地面，拉起车上坡。上到一半的时候，车停了下来，缓缓地有向后退去的趋势。老人抹一把脸上的汗，两条腿用力地蹬着，总算是把车停住了。到底还是老了，比不得当年了，不说二十年前，就说是十年前吧，上这个坡还跟玩似的。今天捡到的东西比往日

要多一些，东西越多老人就越高兴，卖到收购站就换成钱了，老伴可以拿着钱去买菜，小孙子就能拿着钱跑进小卖店里，买他爱吃的小食品。想起孙子，老人不由得又笑了，他就纳闷儿了，小家伙是怎么长的呢？看一眼招人喜欢，再看一眼更招人喜欢。想到孙子，老人觉得身上又有了一些力气，低着头继续上坡。

这面坡还有十几米的样子，这一段是最陡的，过了这两三米前面就省劲多了。老人的两只脚缓缓地在地面上移动着，走一步，额头上的汗就掉下一滴，"啪嗒"一声砸在脚下的路上。老人两条土黄色的小腿上，蚯蚓似的血管鼓鼓的乱窜，老人把劲用到了血里。老人又一次精疲力竭了，车子又停了下来。

要是儿子在就好了，以前儿子在的时候，总是儿子在前面拉车，他在后面推，这面坡一点不费劲就上去了。那时他已经开始打算着让儿子自己干，他就在家享清福了，也像这旁边党校里的老人似的，早晨做做操，晚上散散步，不时地再带孙子到附近的公园里转一转。谁也想不到啊！两年前，儿子遇了车祸，就在这面坡的下面，连人带车都撞碎了，真是碎了，红红的一片，分不清哪块是儿子，哪块是车了。没多长时间吧！媳妇扔下孩子就改嫁了。哎！伤心的事儿就不想它了，想也不能把儿子想活了，眼前还是爬过这面坡要紧。

老人又低下头，用力地拉起车来，这车上装着一家人的菜，装着孙子的小食品，还装孙子马上要用的学费呢！

这一次，老人觉得车不再那么沉了，他低着头用眼角瞄着坡顶，缓缓地拉动了身后的车。眼前太阳一点点地大了起来，开始他只能看到月牙似的一弦上部，慢慢地看到一半了，他终于上到坡顶时，一轮圆圆的太阳出现在老人的眼前了。初升的太阳，红红的，艳艳的，让他一下子想到了小孙子的脸蛋。

老人抬起头抹一把额头上的汗水，向刚才爬过的坡下望去时，他看到，老伴和孙子从车后走了过来，正笑眯眯地看着他，老人也咧开没牙的嘴笑了，喊一声，"咱们回家喽！"拉起车，向前走去。

诚 信

老医生是一位全国知名的精神病学专家，退休后回到曾经插过队的县城，在一家医院里开设了专家门诊。老医生同意到这家医院坐诊有两个条件：一是分文不取，二是来去自由。老医生是为了完成自己的夙愿，多年来他一直想着要为这座小城做点事情。

老医生的诊室平时患者不多，这是因为医院定的专家门诊挂号费较高，一般患者很少光顾。闲了，老医生就俯在桌子上习字，诊室里总是萦绕着淡淡的墨香，在墨香里老医生会想起过去的一幕幕往事，便轻轻地叹息一声。

这天，老医生的诊室里走进来一个笑容满面的年轻人。年轻人先是给老医生深深地鞠了一个躬，说："早就听说您是一位医术高超、品格高尚的大师，我今天来是特意恳请您收下我这个学生的！"老医生不明就里，问："小伙子，你为什么要学这门专业？"年轻人叹了口气，表情黯然地说："半年前，我母亲精神病发作，失足落进了一条河里淹死了，从那天开始我就发誓今生一定要学到最精湛的医术，治好像我母亲一样的病人。"这时，一位老妇人走进了诊室，一副愧疚的表情对老医生说："对不起，我挂号的工夫，没想到他跑到了这里，我儿子没向您胡言乱语什么吧？"老医生惊愕地望着妇人，机械地摇了摇头。

老医生给年轻人做了全面的检查，断定他患有重度的妄想症，很快转到了精神病院治疗。这以后，老医生不时地去精神病院看望这个年轻人，和他聊一会儿天。他们之间的对话往往是这样开始的。"你叫什么名字？"老医生问。"我叫比尔·盖茨"年轻人回答。"你是什么学校毕业的？""我上了两年的哈佛，退学后开创了微软公司。""你叫什么名字？""我是

查尔斯王子，也就是戴安娜的丈夫。""你父亲叫什么名字？""克林顿。""你母亲呢？""这还问吗？当然是希拉里。"

半年后，老医生又问年轻人："你叫什么名字？""我叫王大鹏。""你母亲叫什么名字？""李桂花。"老医生露出了会心的微笑。"那么你父亲呢，他叫什么名字？""他叫克林顿。"

此后，年轻人看起来一切都已经恢复正常了，只是一问起他父亲叫什么名字时他就会撒谎骗人。又半年后，老医生拉着年轻人的手问："你父亲叫什么名字？"年轻人低着头沉默良久，抬起头时脸上挂着两行泪珠，"我没有父亲，从小我就没见过他，我总是把他想象成一个了不起的人物，别人问我的父亲我就编一个名字告诉他，这些年来第一次，我只对您一个人说了实话，您让我感到温暖。"老医生欣喜地望着王大鹏，他似乎听到王大鹏心里的那扇门缓缓开启的声音。

少顷，王大鹏挣脱老医生的手，掏出一支烟点燃了，吸了几口，突然把烟扔在地上说："对不起，刚才我对您说了假话，我的父亲真是克林顿。"老医生无奈地摇了摇头，他听到了王大鹏心里的门关闭的声音。他从口袋里掏出一张纸，展开来放在王大鹏的面前，纸上写着两个端正的楷书大字，"这上面写的是什么字？"老医生问。王大鹏看了一眼上面的字："是拼搏两个字，您的字写得很好，我会一直把它带在身边，不时地看一眼。"老医生叹口气，知道这已经和精神上的疾病无关了。

王大鹏很快办好了出院手续。

三年后，王大鹏成了家喻户晓、妇孺皆知的人物。他成了有史以来本市最著名的私营企业家，短短三年内，他拥有了数亿资产。每当在报纸电视上看到王大鹏的名字，老医生都摇摇头，叹一口气。又三年后，王大鹏因涉嫌一系列的重大经济犯罪被法院起诉，不久，王大鹏被判处死刑。临刑前的那天晚上他提出来要见老医生一面。

在监狱的接见室里，王大鹏从口袋里掏出了一张纸说："几年来纸上的字一直模糊不清，直到现在我才真的看清了是什么字。"老医生说："你终于看清了。"王大鹏说："我认出了是'诚信'两个字，可惜已经晚了。"老医生说："朝闻道，夕死足矣！"王大鹏会心地笑了笑说："谢谢！"老医生扭过头去，脸上有两行泪，缓缓地流了下来。

王大鹏被执行枪决的第二天早晨，人们发现老医生倒在了诊室里。检查结果表明他死于突发性心脏病。在老医生躺倒的地面上散落着很多张写着毛笔字的纸，每一张纸上写的都是"诚信"。

　　对于老医生的死大家众说纷纭，有人说老医生就是王大鹏的亲生父亲，因为，在他办公桌的抽屉里找到了一封写给王大鹏母亲李桂花的信。

一次失败的劫持

樱 桃

樱桃的妈妈去世那年，她就从校园里来到了农贸市场上。

樱桃本来不叫樱桃，她的名字与樱桃一点也不沾边。自从她到市场上卖樱桃后，周围摆摊的人们就叫她樱桃了。这也挺好理解的，像一对卖氽白肉的夫妻，大家就都叫他们氽白肉。女的叫氽白肉，男的也叫氽白肉。所以，周围的人叫她樱桃时，她就笑笑，点点头，认可了这个名字。

樱桃都是早晨才从家里的树上摘下来的，每颗上都披着一层若隐若现的小绒毛，挂着亮亮的露水珠，摆在一只柳条编成的篮子里，很像一只只蒙着睫毛的小眼睛，阳光一照，还一眨一眨的。樱桃摘它们时，一直小心翼翼的，顺便还摘了些碧绿碧绿的树叶。柳条篮装满了，叶子就盖在樱桃上面。樱桃开始卖樱桃时，还穿着孝服。她站在樱桃筐前，人是白色的，樱桃是红色的，叶子是绿色的，三种颜色互相辉映，景色一下子就出来了。买樱桃的，不买樱桃的，都会朝着她多看那么几眼。尤其是有一些男人，看过来时，目光总会停得时间长一些，好像铁器被磁石吸住了一样。这时候，樱桃就把头低下来，盯着自己的樱桃看，脸也慢慢地红了，像筐里的樱桃一样红。

慢慢地，樱桃就和周围摆摊的人们混熟了。樱桃的嘴像她卖的樱桃一样甜，大妈、大叔、大哥、大姐，叫得很亲热。有人问她："樱桃，你多大了？"樱桃就脆生生地说："俺十七了。""家里还有兄弟姐妹吗？""有两个弟弟，正读初中呢！""你为啥不读书呢？"樱桃听到这，就不说话了。眼睛垂下来，不知不觉就有几滴泪，"啪嗒啪嗒"地落在筐里的樱桃上，也像露珠一样，亮亮地，闪着光。

很快地，大家就都注意到一个年轻人。他每天都来买樱桃，每次买得都挺多。年轻人好像不是本地人，来了，也不多说话，更不讨价还价，交了钱，看一眼樱桃，拎起装樱桃的袋子就走。年轻人的目光看过来时，樱桃就赶忙把自己的眼神躲起来，看筐里的樱桃。第二天，年轻人又来买。

大家就纷纷说："樱桃，要小心呀，这人不知道要打什么主意呢！"也有拿樱桃取笑的，说："樱桃，有人看上你了呀，还别说呢，你们俩在一起，还真是一对呀！"樱桃听到这，就羞得低下头，再不敢看旁边的人们了。

那个年轻人再来时，樱桃想起大家说的话，就有些不好意思，称樱桃、接钱、找钱，都手忙脚乱的。年轻人似乎不以为然，看一眼樱桃，转身就走。

有那么几天，年轻人没有来。樱桃不知为什么，心里忽然觉得有些空空的，好像自己的心突然不在原来的地方跳动，跑到别处跳去了似的。一整天站在市场上，都魂不守舍的。

年轻人失踪了三天，樱桃的心就空了三天。第四天中午，那个年轻人又来买樱桃了。樱桃看他远远地走来了，就故意摆出没看到的样子。称樱桃时，也是爱理不理的，好像根本就不认识他，他只是一个普普通通的顾客。年轻人还是老样子，接过樱桃，看她一眼。这次，樱桃没有低头，也把眼睛迎了上去，看了那个年轻人一眼。年轻人反而先把目光躲开，转身走了。

有一天中午，那个年轻人在樱桃的柳条筐前站了一会儿，好像有些犹豫不决，最后说："这筐樱桃我都买下了，你能不能帮我送到旅店去？"樱桃答应了，年轻人在前面走，她就拎着筐，跟在后面。经过一个个摊子时，就有人悄悄冲她使眼色。卖氽白肉的妻子还在她的耳边小声说："妹子，加小心呀！不能跟他去，你知道他是什么人呢？"樱桃点点头，又摇摇头，还是跟在了年轻人的后面。

那天下午，樱桃是哭着跑回市场上的，一回来就被大家围住了。大家说："樱桃，那个人是不是坏人？他是不是欺侮你了？"樱桃点点头，又摇摇头，光哭，不说话。氽白肉妻子拉着樱桃的手说："走，妹子，我带你去报案，抓他个狗娘养的。"

樱桃甩开氽白肉妻子的手，抹一把眼泪说："他已经让警察抓走了，是我报的案。"

氽白肉妻子说："罪有应得，谁让他年轻轻地不干好事呢。妹子，要不，我送你回家吧，你出了这事，就别在这里站着了。"

樱桃听她这么说，就摇摇头说："你们想错了，我没出什么事。他是因为杀人才被抓起来的。他在家乡杀了人，为了他妹妹杀了一个坏男人。他

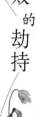

讲完自己的事，就让我报了案。"说完，樱桃又捂住眼睛哭起来。

大家长出一口气，然后就都觉得纳闷儿地说："既然这样，你为什么还要哭呢？"

但是，樱桃就是扳不住要哭，那天下午，眼泪一直像断线的珍珠似的，从她的眼睛里滚下来，一滴跟着一滴，落到地上。她朦胧地觉得，自己是因为一句话哭。刚才，年轻人除了告诉她杀了人的事，还对她说了句话，他说："你长得很像我妹妹。"

烟囱里的兄弟

　　一天晚上，我打开吸油烟机想要炒菜时，忽然听到一阵奇怪的声音。我以为是吸油烟机出了毛病，关掉后，那声音还响着。这次听得很清楚，"叽叽""叽叽"，声音发自吸油烟机的烟囱里。我站在厨房仔细听了一会儿，眼泪不由得在眼眶里打转，这声音我太熟悉了，在老家的屋檐下，在房上的瓦缝间，在思乡的梦里，我都无数次地听到过这样的声音。这声音我听了二十几年，它只能属于一窝刚出生不久的麻雀。

　　我决定不再炒菜，迅速跑出屋门，站在楼下的马路上，抬头看着五楼从厨房伸出的那截烟囱。我惊喜地看见，在烟囱的缝隙间挨挨挤挤地伸出三个小脑袋，小脑袋上和我想象的一样，全都长着稚嫩的黄嘴丫。我准确地判断出，他们出生绝对不会超过三天。我知道这三个小兄弟现在还不会飞行，每天只能躲在家里，等着爸爸妈妈叼回食物来喂他们。他们的父母此时一定正飞行在城市的大街小巷里，焦急地寻找着食物。城市里没有虫子，更不可能有打谷场，他们要到哪里去给孩子们找东西吃呢？

　　若是在农村，寻找食物就不会是个难题了，依靠他们敏捷的身手，即使是从鸡鸭的嘴边也可以轻易地夺得食物喂饱孩子们。麻雀呀，麻雀！你何苦要到生存艰难的城市里来安家呢？有可能小家伙父母的父母就生活在城市里，他们已经过惯了城市的生活，适应了城市的环境，就像我的女主人一样，高傲地认为自己是只城里的麻雀。也可能小家伙的父母像我一样进城不久，城市的高楼大厦，灯红酒绿让他们充满了惊奇。他们终于决定不再飞回熟悉的农村，从今以后在城市里安家。他们大概是飞过了一条又一条大街小巷后，才在这钢筋水泥的丛林里找到了这个相对柔软安全的地方。

　　那一天我在马路上看了很久，直到三兄弟的父母叼着食物飞回来，我才放心地离开。从那天开始，我炒菜时不再使用吸油烟机了，我认为排出的气体不利于小麻雀的生长，我要保护住在烟囱里的三位兄弟。

女主人很快发现了我的反常行为，她嗅到了屋子里的油烟味，即刻提出了质疑。那时我正站在厨房里陶醉地听着三兄弟的叫声，我已经能够准确地分清他们声音中的微小差异了，有一只不叫我就会心事重重。女主人说："傻瓜蛋，有吸油烟机不用，你丫神经病啊？"我刚给她干活时，她对我的称呼是四个字——文学青年。这四个字用她地道的北京话发出来，显得无比的恶毒，基本上和傻瓜画等号。雇用我三个月后，她叫我的就是这三个字——傻瓜蛋，她说之所以没有解雇我，是因为我看上去不像别的人一样吓她一跳。

我示意她小声一点，低声说："烟囱里有一窝小麻雀，他们是我的兄弟。"女主人上上下下地看了我一遍（好像我是个什么怪物），扭身走出了厨房，在门口她从牙缝里挤出了两个字——农民。我喜欢这个称呼，虽然它同样恶毒，但我确实是个地地道道的农民，我认为做个农民并不可耻。

我每天都会久久地站在厨房里听兄弟们的叫声。有时候他们的叫声很焦急，我也跟着着急，我知道他们一定是饿得慌了，而他们的父母还没有飞回来。有时候他们叫得很开心，我也跟着兴高采烈，我知道他们一定是吃饱喝足了，望着楼下的车流人丛渴望着他们的飞行呢！

我的行为终于让女主人愤怒了，那天我站在厨房里发呆时，她对我说了一个字——滚！文学青年——傻瓜蛋——农民——滚，从四个字到一个字，我到城里后的第一份工作就这样结束了。

此后，每天我都会站在马路上，抬头看着烟囱里的三位兄弟。在我估计兄弟们要出飞的这一天早晨，我早早地来到了那幢楼下的马路上，我看到烟囱的缝隙间一共伸出了五个小脑袋，加上一个我，出飞的仪式显得无比庄重。

他们的父母开始轮翻地飞出去，在空中转一圈又飞回烟囱里，叽叽喳喳地叫着鼓励他们学着去做。我把手握成了拳头，默默为三兄弟加油。不久，第一只长着黄嘴丫的小麻雀终于离开了烟囱，摇摇晃晃地飞了十几米又赶忙回到了父母身边。接着第二只，第三只也同样飞了出去。三兄弟不停地飞出去，又飞回来，慢慢地他们飞行的路线越来越长了，飞得也越来越稳了。最后，五只麻雀一齐从烟囱里飞了出去，飞上了城市的天空，在令人迷茫的城市里消失了踪影。我知道他们不会再回到烟囱里了，我也再不会听到那亲切的"叽叽"声了。我知道三兄弟在城市的生活绝不会一帆风顺，他们的前途并非一片光明。我在心里说了句："兄弟们，不行的话，就回农村老家吧！"

　　转身离开时，我意外地发现，不知什么时候，我的脸上已经流满了泪水。

一次失败的劫持

神偷的短信

  小立的大礼拜通常都过得愉快而忙碌。他喜欢悠闲地穿梭在车站广场，或是百货超市之间，一边欣赏着周围的景致和琳琅满目的商品，一边轻松地干他的工作。他不像他的一些同行那样，三五个人地纠集在一起，动不动就要采取暴力手段。他从来都是独来独往，他一向认为自己是一个很讲求职业道德的人。他想，如果要动武，那就叫抢劫了，他高超的技艺也就毫无价值了。

  小立是在火车站出口处拿到那部新款的摩托罗拉手机的，他的职业习惯让他很快来到了车站旁边的公共厕所里，他知道，现在最需要做的就是把手机卡取出来扔掉。因为许多丢了手机的人，都是通过拨打自己的号码找到手机的。就在他打开手机后盖，准备把卡拿出来的一瞬间，手机突然响了起来，小立下意识地停止了自己的动作，去看手机的屏幕。手机上收到了一条短信，小立读过了那条短信后，突然意识到他不能再把卡扔掉了。进监狱后牢友问他，是不是对当初没有扔掉手机卡感到非常地后悔，小立淡淡地笑了笑，摇了摇头说："扔掉了卡，我就会做一辈子的小偷了。"

  小立那天看到的短信是这样写的："亲爱的鹏，我已经十天没收到你的短信了，此刻我正走向我们一起游过泳的大海，失去了你，大海就是我唯一的归宿了。依然爱你的芸。"

  小立想起了几分钟前那个一副成功人士模样的中年人，那家伙大概就是这个鹏吧！芸可能是一个和他有关的小女孩，如果现在把卡扔掉，自己就等于害死一条人命了。小立的第一个反应就是马上把手机还给那个叫鹏的家伙。带着一丝侥幸，他很快来到出站口。像他想的一样，那个鹏没有立刻发现丢了手机，已经离开了车站。他有点怨恨自己高超的技术了，他想："我怎么就没有让那个家伙察觉呢！"但他很快就想明白了，即使把手机还给了那个人，他也不会给这个芸回信的，他已经十天没理那个女孩儿了。小立是个很果断的人，他在几秒钟内做出了决定，自己给这个芸回一个短信。

"芸，我爱你，别干傻事。鹏。"小立发过了短信想："我他妈咋这么肉麻呢？芸不会已经被大海吞没了吧。"

一分钟后，小立又收到了芸的短信。

"亲爱的鹏，你把我从大海里拉出来了。你在哪？我想立刻见到你。"

小立不假思索地回了短信。

"我在另一个城市里，我们站（暂）时还无法见面。"

"看来你真的很忙，竟然打出了错别字，你不想知道这些日子我是怎么过的吗？"

小立为自己的文化水平感到羞愧了，他告诫自己能少说就少说吧，以免露出马脚。

"我想。"小立回答。

那一天小立没有再干他的工作，就这样陪着女孩儿聊天，他感觉这一天和从前的每一天都不一样。说不清为什么，他开始喜欢和这个女孩聊天儿的感觉了。这其中女孩又有两次告诉他打了错别字，他想看来自己是该去学习了。

小立想起自己当年初中没毕业就和师傅四指神偷学艺的经历，心里竟然开始埋怨自己从前怎么没有多读一点书呢！

小立是个当机立断的人，第二天他就走进了一所夜大的教室。正儿八经坐在教室里，小立觉出有点不自在。多年来他一直是无拘无束地生活着，除了不时防备警察外，他没觉得受到过什么约束。但小立可不是一个轻易放弃的人，他一想起当年和师傅学艺的经历，就觉得没有什么忍受不了的了。开始的几天挺过去后他就慢慢地习惯了，甚至有些喜欢上学习的生活了。

第一天上完课从教室里走出去时，他的手很自然地伸向了前面一个人的口袋，下意识的，他又突然停了下来，把手放在那人的肩膀上轻轻拍了拍，那人回过头友好地笑了笑，小立说："我刚来请多关照。"那人又笑笑说："我们一起学习。"

小立每天都和小芸通短信，开始他还害怕小芸会突然打电话过来，后来他知道小芸原来是个不能说话的人。他还知道小芸住在另一个城市，是宾馆的一名服务员。他猜想那个叫鹏的人一定是在住宾馆时诱惑了小芸，又无情地把她抛弃了。他有些恨那个叫鹏的家伙。

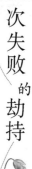

一次失败的劫持

因为不时地要和小芸通短信，小立觉得自己不能再干从前的工作了，有好几次都是他刚刚伸出手去，腰间的手机就响了起来，他只得把手缩回来，他不想让小芸因为收不到短信而担心。

小立的新工作是蹬人力车，这样他就可以有足够的时间和小芸通短信了。收山后的小立显得忙碌而快乐，他每天都是早出晚归汗流浃背地在大街上穿梭着，几乎走遍了这座城市的每一条大街小巷。他从来也没想过原来日子还可以这样过。收到小芸的短信是他每天最快乐的事情，小芸每天晚上都会准时发短信过来，小立躺在床上一边看书，一边和小芸聊天儿。因为小芸不时会在短信里和他谈起一些文学作品，所以小立养成了看书的习惯。唯一让小立不适应的是他必须时刻假装成那个鹏的语气和小芸说话，这多少有些伤他的自尊心，但为了芸，他情愿这样做。小立不知道这样的交往能维持多久，他希望能一直进行下去。

小立是在火车站等客人时被警察带走的，那天他看到两个人向他走过来，他一眼就看出那是两个便衣，若是从前他会很快地转过身然后消失在人群中，但这一次他没有动，他掏出手机给小芸发了最后一个短信："我不是鹏，但不管我是谁，你都要好好地活下去。"这时候那两个人抓住了小立的胳膊，他没有做什么反抗，平静地伸出了两只手。

小立之所以被抓是非常偶然的，大致是那个叫鹏的人有一个公安部门的朋友，闲谈中得知了他丢手机的事，那个人立刻去查了这部手机的通话记录，意外地发现那部手机竟然还在使用，这样小立的被抓也就在所难免了。

住在牢里的小立不后悔自己被抓，只是他会不时地想起芸说过的只言片语，每当这时他就会想："小芸现在过得怎么样了呢?"

人活着要有梦

　　在一个小城里，人们的生活并不富裕，甚至还有些艰苦，但每个人的脸上都洋溢着愉快的笑容。这是因为小城里有一位伟大的魔术师——老比尔。老比尔出神入化的魔术表演给人们带来了非比寻常的乐趣。

　　老比尔每天晚上在小城的大剧场里表演魔术，剧场里总是坐满了观众。虽然大家都知道魔术肯定是假的，但还是被老比尔魔术中营造出的梦境所吸引。大家尤其喜欢老比尔的几个经典魔术，在这几个魔术中，老比尔让不可能的事变成了现实。

　　一个魔术是穿山而过。人们眼看着老比尔从山这边的白纱布下消失，从山的另一侧揭开白纱布走出来。另一个是空中飞人，大家真切地看到老比尔从舞台上缓缓升起，在舞台上空自由地飞行。

　　好奇的观众不时地会问老比尔，那两个魔术到底是怎么演的？老比尔总是笑而不答。

　　老比尔老了，接替他的是小比尔。小比尔的演出像老比尔一样精彩绝伦，赢得了人们的赞叹和掌声。像过去一样，人们在小比尔的魔术中愉快地生活着。

　　一次演出的间隙中小比尔向大家展示了几个小魔术的表演方法，他发现大家对魔术的秘密非常感兴趣。于是，接下来每天的演出中小比尔不顾父亲的阻拦，把许多魔术的秘密揭示给大家。他认为满足观众的需要就是演员的职责。

　　大剧场出现了空前火爆的场面，每次演出时都坐满了观众，大家终于知道了多年来老比尔的魔术秘密。明白了穿山而过是山里从前就有一条密道。空中飞人是在表演者身上系着一条细细的透明钢丝。

　　小比尔演出回来总会把观众对魔术秘密的激情和狂热告诉老比尔，老

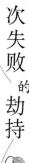

比尔总是痛苦地摇着头。

　　小比尔每天晚上还是准时到大剧场里进行演出，然而，不知从哪一天开始，剧场里的观众越来越少了，最后几乎没有人再到来观看魔术表演了。小城里的居民们也不再像从前那么快乐了，一天比一天变得愁眉苦脸起来。

　　一天，小比尔垂头丧气地站在父亲面前，他希望父亲能告诉他为什么会这样。老比尔说："魔术给人们编织了一个美妙的梦境，你揭示了魔术的秘密，同时也撕碎了人们心中的梦想。人活着需要有梦。"

啼笑世情

填表

　　宋玉很忙，经常忙得把自己的父母忘在脑后。这次能想起来，是因为单位要填一张表。单位里几十年都不填表了，突然来这么一下，让他有些措手不及。

　　宋玉走进家门时，看见母亲正坐在沙发上脑袋一点一点、似睡非睡地打盹。母亲的脑袋像一朵很大的白花，开一下，又合起来；合起来，过一会儿，又开一下。宋玉十五年前有了自己的家，但还留着一把父母家的钥匙。

　　宋玉开门的声音惊醒了母亲，母亲睁开眼睛，随口喊了一声："儿子！"宋玉答应一声："唉！"却看见一条白毛小狗从房间里跑出来，绕着母亲撒欢，一边用红色的小舌头舔母亲的手，一边冲着他警惕地吠叫。

　　母亲这才发现门口站着一个人。宋玉指着小狗问："妈，刚才你是叫我还是叫它？"母亲揉揉眼睛说："本来是想叫它，没承想，连你也一起叫了。"宋玉走过来，站在母亲身后，用手揉母亲的肩膀，揉了几下，刚想说话，母亲抢先开口说："儿子，别在你妈的肩膀上兜圈子，有啥事就痛快地说吧！"那条小狗疑惑不解地看看母亲，又看看宋玉，弄不懂自己到底哪里兜了圈子。

　　宋玉突然显得很不好意思，说："我爸，他老人家，在家吗？"

　　母亲冲着屋子里喊："老头子！老头子！"

　　宋玉记得，过去母亲喊父亲都是"你爹"，父亲喊母亲都是"你妈"，估计现在父亲可能喊母亲"老太太"。屋子里没人应声。母亲提高了声音，又喊一遍"老头子"。突然又有一条大些的狗，喘着粗气，从什么地方跑了出来，手忙脚乱地在客厅的地砖上滑了一跤后，爬起来，把前脚搭在母亲的膝盖上。母亲抬手把它的脚打掉，嗔怪地说："我喊的不是你，是会说话会抽烟的那个老头子。"

宋玉为两条狗的名字暗中皱皱眉头，问："我爸还练书法吗？"母亲摇摇头说："不知道。"

　　宋玉说："我想求我爸写个条幅。"

　　母亲说："你好像从来都不喜欢书法，尤其是你爸的书法。"

　　宋玉说："最近我突然喜欢上了。"

　　母亲看看自己的儿子，笑了笑说："有什么事就直说吧，别绕来绕去的，跟妈玩心眼儿，那没有用，别忘了你是我儿子。"

　　宋玉也笑了笑，笑得有些尴尬，说："是这样，单位里要填一张表。"母亲挥挥手，冲着围在身边的两条狗说："老头子、儿子，我有正经事，你们到一边玩会儿去。"

　　宋玉听母亲叫两条狗的名字，心里觉得有些不舒服。看它们跑到了阳台上，才接着说："表里有一项是：父亲的姓名。"母亲不说话，看着自己的儿子，等着听他下面的话。

　　宋玉的脸突然一红，低下头小声说："我忘记了我爸的名字，怎么想都没想起来。"

　　母亲拍拍手，哈哈大笑："你想让你爸写幅字，从字的落款签名上找他的名字，对不对？"

　　宋玉点点头："妈，你老人家真聪明，不愧是我妈。这事情不好直接问，他毕竟是我爸，按道理上讲，我不应该忘记的。"

　　母亲说："儿子，你直说不就完了嘛，干吗还扯到条幅上。你爸的名字妈告诉你。"

　　母亲故意卖个关子，说："你爸姓宋。"

　　"我也知道他姓宋，所以我才姓宋，他的名字叫宋什么？"

　　母亲的脸色突然紧张起来，嘴里念念有词道："你爹，老头子，儿子呀，他叫宋什么来着？"

　　那两条正在阳台上嬉戏的狗，以为母亲喊它们，撒着欢迅速跑了过来。

较量

石先生住院一周后，石小山惊讶地看见，父亲竟然对他露出了笑脸。

在石小山的记忆里，几十年来父亲的脸一直板得像一把刀，说不定什么时候，这把刀还会挥起来，冲他来那么一下子。石先生的微笑让石小山很警惕，他预感到父亲可能有什么企图。

石先生冲儿子笑过后，又拉住他的手说："儿子，你告诉我实话，爸爸是不是得了不治之症？"石小山连连摇头，"没有，医生说你只是一般的炎症，打几针，吃点儿药，很快就能好。"

"你骗不了我，我自己的身体我心里有数，我得的肯定是不治之症。"

"爸爸，我没骗你，你现在的任务是安心养病，少胡思乱想。医生说了，后天就可以办理出院手续。"

"医生是不是还说，回家后，想吃点啥就让他吃点啥吧？"

"爸爸，医生没这么说，这话是你说的，没有任何根据。"

两天后，石小山打一辆出租车，把父亲接回家里。他刚把背上的父亲放在床上，就听见石先生厉声吼道："石小山，你给我跪下。"石小山看见父亲的脸又板成了一把刀，犹豫了一下，还是扑通一声跪在了地上。

"你这个不孝顺的东西，胆大包天，竟敢欺骗自己的父亲！"

石小山连连摇头。

"刚才你办手续时，我已经问过医生了，他说我得的是不治之症。"

石小山忽地一声从地上站起来，二话不说就往外走。走到门口时，石先生的吼声追上来："混账东西，你要干什么？"

石小山扭回头，恶狠狠地答："我去问问那个狗日的医生，凭什么胡说八道，无事生非。"

石先生盯着他的眼睛看了很久，最后摆摆手："这事和医生无关，是我

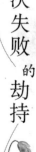

自己的猜测。"

石小山服侍父亲吃药时，石先生又拉住他的手："儿子，我知道你是为我好，故意隐瞒病情。但你要想一想，你爸爸和别人不一样，我活着时是个明白人，明白了一辈子，不想稀里糊涂地死。爸求求你，就说实话吧！"

石小山看见父亲的眼睛已经有些湿润了，眼圈儿也跟着一红，哽咽着说："爸爸，我真没骗你，你得的确实是一般的炎症，你不该胡乱猜测。"

"你可能以为告诉我实际病情后，我剩下的日子会很痛苦，但你不知道，如果稀里糊涂地死了，我会更痛苦。"

石小山不停地摇头。

石先生口气突然又严厉起来，冲着儿子喊道："我问你，我是不是你爸爸，你是不是我儿子？"石小山愣愣地点了点头。石先生说："既然你承认我是你爸爸，那就立刻告诉我实情。"石小山说："爸爸，你想听什么实情？"

"告诉我，我得的是绝症。"

"爸爸，你根本就没得绝症，就算我是你儿子，你也不能硬逼着我编瞎话骗你！"

石先生突然捂住脸，呜咽着说："儿子，你是你，我是我。咱们谁也没权利替别人做什么决定，你说是不是？"

石小山也捂住脸，呜咽着说："爸爸，我只是告诉你实话，根本没替你做什么决定。"

石先生怒吼一声，"你给我滚。"

一个月后，石先生又一次住进医院。

一天晚上，石先生再次对儿子笑了，"现在，你该告诉爸爸实话了吧？我得的是绝症。"石小山摇摇头，"医生说了，你这次的病和上次根本没关系，是另一种病。"石先生突然泪流满面，"儿子，你究竟要骗爸爸到什么时候？"石小山也泪流满面，扑通一声跪在地上，"爸爸，我根本就没骗你。"

石先生抹把眼泪，"你把我的病志拿来，我要自己看。"石小山转身出去，好长时间才回到病房里，"爸爸，医院有规定，病历保密，不能外借。"石先生说："你把我扶起来，我要下地。"石小山把父亲扶起来，站到地上。石先生指指对面的墙说："你站到墙边上去。"石小山站在了墙边。石先生突然扑通一声跪在了石小山面前，"儿子，爸爸求求你了，就告诉我实话吧！"石小山赶紧也跪在了地上，用手去扶父亲，"爸爸，儿子求求你了，我说的就是实话，就别逼我骗你了！"

石先生甩开他的手，双手打着地面说："爸有权利死个明白！即使死之前这段日子很痛苦，那也是我自己的痛苦，与你无关，与旁人都无关。"

石小山满脸流泪，使劲摇着头，又来扶父亲。石先生再次甩开他的手，"我最后再问你一次，我得的到底是不是绝症？"石小山用力摇头。

"我宣布，从现在开始，你不是我儿子。"

说完这话，石先生站起来，突然一头撞向墙壁……

一次失败的劫持

门

　　还是在女儿两岁时，刚刚断奶不久，他和她就把孩子赶进了小房间里。那时，女儿觉得很委屈，搞不清楚突然之间世界到底发生了什么变化。反抗的意识很强烈，哭得惊天动地、荡气回肠的。但他和她的态度很坚决，板着脸，谁也不肯主动去哄她。几天后，女儿又哭了一场，换来的还是两张严肃的脸。从此，女儿就不再哭了，认可了这样的安排，但有一个条件：小房间和大房间的房门都要敞开着。女儿瞪着乌溜溜的眼睛认真地说："这样可以离爸爸妈妈近一点儿。"大房间和小房间门对着门，每天晚上，女儿都会看到他和她。临睡前女儿还会说一句，"妈晚安！"隔一小会儿，再说一句，"爸也晚安！"开始时，他和她都郑重其事地答应一声，"晚安。"后来就有些不耐烦，拉着长腔敷衍一声，"安！"

　　十二岁的女儿已经有了一些青春期的特征，小胸脯开始发育，脸上长出了小红疙瘩，身体也慢慢变成了一弯优美的曲线。一天晚上，女儿很正式地对他和她提出了要关上自己房间门的要求。女儿说这话时，表情很严肃，一只手就扶在门把手上，和坐在沙发上看电视的他和她保持着一段距离。刚刚听女儿这么说时，他和她都愣了愣，两人互相看了一眼，谁也不知道该怎么回答才好。后来还是他先说了一个字，"好！"

　　女儿转过身，抓紧门把手，打算关门。但，那扇门十几年一直很悠闲地敞开着，始终没有关过，没有像一扇真正的门那样为主人出过力。不知不觉地，门已经忘记了自己的使命，出现了严重的变形，再不能履行作为一扇门的职责了。女儿努力了几次，到底也无法如愿，最后，门的下沿卡在了地板上。

　　女儿不说话，脸红红地看着他和她。他走过去，用力试了试，门并没有因为他是强壮的男人就妥协，照样和主人拧着劲，摆出一副谁也拿它没办法的架势。他又试了试其他几扇门，凡是一直敞开着的，现在全都关不上了。

他把门重新敞开，对着女儿摇摇头，"爸没办法，门已经坏了。"说完这句话，他的心里不知为什么，竟然有一丝得意的窃喜。女儿没说话，使劲看了他一眼，转身进了小房间。

也就是从这天晚上开始，他和她才突然发现，原来已经好久没听到女儿问晚安的声音了。女儿房间的灯已经关上了，不一会儿传来了均匀的呼吸声。那声音像一只柔柔的手，轻轻地抚摸着他和她的耳朵，让他们不自觉地就想起了很多往事。他和她也关了灯，两个人在黑暗中躺着，静静地听着女儿的鼾声，谁也不说话。过了好久，她先说了一句："你说，孩子，会不会是有啥心事？"他用力摇摇头，还笑了笑，"这么大点儿的孩子，能有啥心事？反正，那扇门，也没关上。"

但是，几天后，女儿又一次提出关门的要求。他对着女儿笑笑说："门坏了，没办法关了。"他也知道，自己这么说有点儿赖皮，一点儿也不理直气壮。女儿的态度比上次还要坚决，她看了看门，又看了看他和她，只说了一个字，"修。"

黑暗中，他问："你看，那扇门，修吗？"她久久也不回答。等到他以为不会再听到她的答案时，她才说了一句："要不，那扇门，修吧！"

第二天，他就去了零工市场，带回来一个老木匠。

老木匠把每一扇变形的门都看了一遍，拍着门边对他和她说："这就是你们的不对了，门这东西啊，只有常开常关，才能叫门。要不然，安它还有什么用？"这话说得他和她的心里酸酸的，谁也不知道该如何回答。

老木匠忙了一气走了，地上留下了一片片卷曲着的刨花。那刨花很美，还散发着木材特有的香气。

女儿放学回来看到那扇门，一下子扑进她的怀里，打着坠儿喊了一声，"耶！"

当天晚上，女儿关门之前冲着他和她笑了笑，说："妈晚安！"隔一小会儿，又说一句，"爸也晚安！"他和她赶忙慌慌张张地答应一声，"晚安！"

一次失败的劫持

127

凤凰地十五号

  这地方有个很好听的名字，叫凤凰地。整条大街的门牌都用凤凰地起头。我从街东一路找来时，就产生了错觉，以为街两边落着一只只传说中的凤凰，我估计自己可能还下意识地笑了笑。那家医院门口挂的牌子上写着凤凰地十五号。

  我绕过门诊部的大楼，又绕过住院部的大楼，拐上了一条甬路。甬路两边站着两排很老的梧桐树，不时会有一个毛茸茸的小球像水滴似的，从头顶上落下来。路面上生着一层暗绿色的苔藓，踩上去黏糊糊的。我走到一半时，看见甬路上有一道很长的脚印，大概是什么人在这里滑了一下。如果当时这个人正抬着小凤，那小凤一定会吓一跳。她的胆子一向很小。我很小心地走过这段路，来到一座白房子前面。有一只手突然从一个小窗口里伸出来，拦在面前，吓了我一跳。我没说话，把那张介绍信递过去。介绍信和那只手一起缩回了窗子里。隔着玻璃窗，我看见一个脸板得像一块铁似的老头儿把介绍信举起来，凑近窗子看。然后，那块铁低下去，从窗口里伸了出来。目光像刀子似的看了我一眼，我也回看了他一眼。他又还了我一眼，缩回去，从窗口前消失了。

  房子上的一扇门从里面打开，刚才那个老头儿走出来，手里举着一串钥匙，"哗啦哗啦"地响。这次他没看我，冲我点点头，就绕到了房子的后面。我跟上他，来到另一座白房子前。老头儿把手里的钥匙研究了很长时间，终于选出一把，打开了门上的锁，然后把锁锁在了大门的拉手上，并把一张小卡片和一把钥匙交给我。我打算再问点什么时，老头儿已经迅速离开了。我想了想，好像还真没有什么需要问的了。但我暗自得出一个结论，这个老头儿大概是个哑巴，因为从始至终我没听他说过一句话。

  我拉开门，一股冷气从屋子里跑出来，绕着门口弥漫一会儿后，很快消失了。我走进屋子，看到四面都立着白色的柜子，一个个柜子上用红油漆写着号码。我从门口开始找起，越过半个屋子，最后在角落里的一只柜子上找到了卡片上的号码。我把钥匙伸进锁孔，想了想，又停下来。掏出一支烟，点上，吸了两口。这间屋子里很冷，我看见自己吐出的烟，在空气中画出了几道清晰的痕迹。烟抽到一半时，我转动了钥匙。柜子上的锁"咔嗒"一声，打开了。我看见面前的柜子似乎还动了一下。

我把烟扔在地上，用力踩了一脚。扭过头去，没有看柜子，手在柜子上摸了一会儿，找到了柜子的把手，用力把柜子拉了出来。很意外，柜子没有我想象得那么重，滑道显然也性能良好，"哗啦"一声就向我冲了过来。我的力气用得有些过猛，那个铁制的柜子重重地撞在我的胯骨上。我用手下意识地扶住柜子时，就毫无防备地看到了里面躺着的小凤。

确切地说，我看到的是小凤的头发。出乎我的意料，小凤身上穿的并不是那天傍晚我们分手时的那件连衣裙，而是从上到下遮着一块白布。白布遮得很严实，只有头顶上的一部分头发露在外面。有一股白气从她身上冒出来，像水一样，贴着她的身体，迅速从里向外地流出来。这些白气撞到我身前的柜壁后，又快速升起来，一股脑地扑在我的脸上。我闻了闻，没有闻到我熟悉的小凤的味道。

我等了一会儿，看着那些白气慢慢散去后，把盖在小凤脸上的白布轻轻揭开。我看到了小凤的脸。她的脸似乎没有太大的改变，只是颜色有些灰白。一道眉毛上结着白霜，另一道眉毛上也结着白霜。公安局的人说小凤是腰部先着地，致命伤在内脏，不在头部。我在小凤的眼角上，找到了她用眉笔画过的淡粉色眼线，又在她的嘴唇上找到了那种亮晶晶的黑色口红。我们最后一次见面的那天傍晚，在一座小公园里，她嘴上画着的口红被我蹭掉了，我看见她离开时，边走边掏出镜子补妆。当时，她好像还回过头来，撅着嘴骂了我一句。骂的话可能是，"你缺德。"这口红可能就是那时画上去的。

我把白布又向下揭了一些，竟然发现，原来小凤的身上没有穿衣服。很突然地，她两只尖耸的乳房出现在我的眼前。我赶忙把白布向上拉了拉，重新给小凤盖好，小凤不喜欢我这么做。

我就是从这时开始发脾气的。

我想起了小凤说的话，做这些事情，要到结婚时才行。我对着柜子里的小凤说："小凤，你给我找一找，现在这个社会上，还有像你这么保守的人吗？和咱们一起从老家出来的刘树艳和赵丰收也没结婚，可人家孩子都会帮着爹妈打酱油了。还有王淑华和李老二，也早就在一起过上了小日子。偏偏就你是个死脑筋。整天地碰也不让碰，摸也不让摸的，连亲个嘴还要骂一句缺德。你可能到死也没弄明白，你其实就死在自己的死脑筋上。你要是能想明白，答应他们做一次，就用不着从六楼上跳下来了。你看看人家王彩玲，进城打工没两年，回去就给家里盖起了两层小楼。你从那么高的地方跳下来，逞的是什么英雄呢？说心里话，即使你真做了，我也不会怪你的，还会娶你当媳妇。你不知道，虽然咱们还没干过啥，其实我心里早就把你当媳妇了。不娶你，我还能娶谁呢？你真傻，真傻呀！傻得连命都丢了……"

我不知道自己稀里糊涂地都对小凤说了些什么，甚至我也不知道说这些话时，我已经像狼似的，号啕大哭起来。

分析题

　　老师年纪不大，但是位好老师，不光盯着分数不放，还强调素质教育。经常在课堂上开展讨论，猜谜语，讲笑话，出一些脑筋急转弯什么的。用老师自己的话说，既活跃了课堂气氛，还能锻炼学生的思维能力。

　　老师在书上看到一道分析题，觉得很适合训练学生的发散思维，就把题出给了同学们。分析题下面写着答案见封底，但老师自己也没看答案。他也想锻炼一下自己的发散思维，暗中和同学们比一比，老师还是有些童心的。另外，不看答案，游戏做着会更有意思些。

　　分析题是这样的：大雨天，一个走在路上的男人，看见前面有一个女人没带雨具，怀里抱着孩子，胳膊上挎着包，就主动把自己的雨伞送给女人，接过孩子抱在怀里。请问，这个男人为什么要这样做？

　　最先站起来回答的是班长，他是公认的好学生，成绩好，口才好，模样好，没啥不好的地方。班长说："因为这个男人是人贩子，用这种方法抢孩子，他接过孩子，马上就会拔腿而逃。"

　　老师笑笑，点点头。

　　第二个站起来的是班里的调皮鬼，他成绩不错，但经常搞一些恶作剧。他不直接回答，反问老师："那个女人长得漂亮吗？"老师愣了愣，没明白他是什么意思。含糊其辞地说："你就当她漂亮吧。"调皮鬼摇头晃脑地说："答案很简单，因为那个女人长得漂亮，那个男人早就看上了她，却一直找不到机会，故意用这个办法套近乎。"

　　教室里一阵大笑。

　　数学课代表站起来说："因为这是那个男人的职业，他借伞、帮女人抱孩子都要收费。前几天下大雨，铁路桥下一片汪洋，就有一个男人靠来回背人挣钱，一次收十块，不讲价。我计算了一下，如果天天下那样的雨，

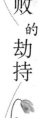

他很快就能成为万元户。"

老师点点头，"同学们回答得都不错，还有没有其他的答案？"

话音刚落，又有一个同学站起来，有些得意地说："你们可能都忽略了女人胳膊上挎着的那个包，我想，那个男人是醉翁之意不在酒，目的是为了取得女人的信任后抢东西。"

一个女生站了起来，怯生生地说："老师，那个男人能不能是搞推销的？"老师疑惑不解，用眼神鼓励她说下去。女生接着说："那个男人是卖伞的，女人用了他的伞，就不得不买了。"

老师等了一会儿，见没有人再站起来，笑笑说："我也有一个答案，那个男人之所以这么做，因为他是那个女人的丈夫。你们想想有没有道理？"

同学们哄堂大笑，纷纷说老师的答案最巧妙。但也有几个同学不服气，要求老师公布书上给出的答案。老师不太想公布答案，觉得同学们回答得都很踊跃，锻炼思维能力的目的也就达到了，这类问题本来不应该有什么正确答案。

这时候，老校长走进了教室，他是被教室里的讨论声吸引来的。校长先对同学们说："大家的发言都很好。"然后又对老师说："不妨公布一下答案，我也想听听书上是怎么说的。"老师找到答案，大声地念道："不为什么，因为那个男人的名字叫雷锋。他不仅把伞借给女人，最后还把她送回了家。"

教室里一片大乱，同学们纷纷说这不可能，这不现实。调皮鬼喊得最响，他大声说："那个女人的丈夫呢？如果一个陌生男人送自己的老婆回家，他会怎么想？"

校长听到答案后一直沉着脸，最后他抬起手示意同学们静一静，问身边的老师觉得这个答案怎么样。老师低下头，想了想说："说实话，我也觉得这个答案不太现实，于情于理，都说不太通。"

校长点点头说："你们大概都不相信，二十年前，我也做过这样的事。不仅仅是我，那时候，很多人都做过如今我们看来不现实的事情。"

教室里一片寂静，同学们都没有再说话，因为大家看到校长的脸上已经流下了两行泪水。

仇恨

　　袁五谷和袁丰登做了一辈子的仇敌，在我看来，这两个人都有致对方于死地的决心和勇气。

　　比如说吧，一条路，如果袁五谷刚走过了，袁丰登就说啥也不肯再走，宁可绕远走另一条路。实在没有另一条路呢，袁丰登在这条路上走一步，就冲着想象中的袁五谷的背影吐一口唾沫，再走一步，又吐一口唾沫，吐完了就骂一句："袁五谷你真不是个人。"当然了，如果走在前面的是袁丰登，袁五谷也照样会连吐带骂的，说袁丰登真不是个人。

　　我十岁那年，袁五谷从乡政府调到了县政府。转年，袁丰登也从乡中学调到了县教委。没多久，上级就开始调查袁丰登的问题，查来查去发现，袁丰登这个同志是清白的，没啥问题。袁丰登也弄明白了，是袁五谷给上级写了封信揭发他的问题，目的就是想把他再弄回农村去。不久后，上级又开始调查袁五谷，查来查去，这个同志也是清白的。不用问，是袁丰登回报了一封举报信。

　　某一天早晨，在县医院旁边的一座石拱桥上，袁五谷和袁丰登狭路相逢了。两个仇人一东一西，像两轮不共戴天的太阳似的，升到拱桥中间的弧顶处时，就同时停住了。袁五谷不说话，拿眼睛使劲瞪着袁丰登。袁丰登也不说话，拿眼睛使劲瞪着袁五谷。他们俩的影子投到桥下的河水里，一个伸着脖子，另一个也伸着脖子，看起来像两只斗架的公鸡。袁五谷不肯让路，袁丰登也不肯让路，都是钉子似的，在桥上钉着。后来，两个人，四只眼，都瞪得要冒血了，四条腿也不停地打哆嗦，这才同时把头扭过去，冲后面"呸"地吐一声，下桥，找另一条路去了。隔着河他们又同时回过头来，冲着对方"呸"了一声。

　　袁五谷和袁丰登虽然仇深似海，但他们俩对我都非常好，他们一个是我的亲二叔，另一个是我的亲三叔。而且在我心里，他们也都是挺不错的人。

我一直想搞清楚，在他们这对亲兄弟之间到底埋藏着什么仇恨，是什么事情让他们成为不共戴天的仇敌的。当然了，我更希望他们能解开心里的疙瘩，丢开仇恨，一家人和和美美地相处，不是更好吗？

我曾经不止一次地问过父亲、母亲、爷爷、奶奶，二叔和三叔究竟是因为什么成为仇人的？但每次问，他们都摇摇头说不知道，知道的就是他们俩有仇。没办法，我只好去问两位当事人，在这个问题上，二叔袁五谷和三叔袁丰登的回答是相同的，他们都告诉我六个字："袁丰登（五谷）不是人。"我如果接着问为什么就不是人了呢，他们就都瞪着眼睛大发雷霆，摆出一副恨不得吞了对方的架势。至于为什么不是人的事，他们都闭口不提。

在二叔和三叔之间到底发生了什么事，成了我心头最大的一个疑团。后来我又问过原来老家里的好多人，包括二婶和三婶在内，他们都知道二叔和三叔有仇，有大仇，但没有一个人能说清楚仇恨的根源。

我二叔袁五谷在七十岁那年得了重病，临死前指名要见我最后一面。我握着他的手泪流满面，想不起来该对他说点什么，最后竟然又问了他和三叔的仇恨。已经奄奄一息的二叔听到三叔两个字，立刻瞪圆了眼睛，从喉咙里挤出几个字："他不是人。"这也是二叔临死前说的最后一句话，算是他的遗言吧！

二叔死后，三叔大笑了三天，逢人就说那个不是人的家伙袁五谷死了。第四天早晨睁开眼睛，三叔还准备接着笑时，突然"扑通"一声倒在了地上。

我们大家赶到时，三叔已经不行了。如果三叔也死了，那么我心头的疑团就永远也解不开了，所以一见面我就毫不犹豫地问三叔，他和二叔之间究竟发生过什么事情。

当时，三叔的脸上还有一缕没来得及绽放的笑容，那笑容像花骨朵一样在肉皮里含着。这次三叔没有告诉我袁五谷不是人，他好像仔细想了想，然后重重地摇了摇头，告诉我四个字。四个字刚说完，一歪头就走了。

我三叔袁丰登的墓地在县城边的一座小山上，左边是棵老松树，右边是另一个墓地，是我二叔袁五谷的墓地。安葬了三叔后，我在两个叔叔的墓碑前哭了一整天，边哭边想着三叔说的最后四个字，我无论如何也没想到，三叔说的竟然是：记不清了。

这四个字是三叔在世上说的最后一句话，也算是他的遗言吧！

最具中学生人气的微型小说名作选

我是谁

　　父亲在藤椅里，藤椅在天井里，天井在房子里幽深地陷落着，如一口陷阱。父亲坐得很哲学，符合他哲学家的身份。一缕失足的阳光，跌了进来，正落在父亲的身上。我走过去，用身体搭救起夕阳，希望它能逃出去。

　　"哼！"声音发自父亲的鼻子，含义很复杂，其中包括对我挡住他阳光的不满，和诸如"你来了，你怎么来了？"等许多意思。

　　我想和他好好谈谈，在此之前我一直没有勇气和他交谈，我是他的好儿子，是妻子的好丈夫，是儿子的好父亲，是单位的好职工，是社会的好公民，我不想给包括自己在内的任何人惹什么麻烦，但现在我需要问他一件事情。

　　"我是谁？"

　　父亲不回答，愣愣地看着我，好像我是个怪物。

　　"请您告诉我，我是谁？这是个哲学上的问题，而您是一位哲学家。"我很固执，不想轻易放弃。

　　"你是谁？你说你是谁？"

　　"我想了很久了，我真的不知道我是谁，所以才来问您。"

　　"你是王一。"

　　"王一是我的名字，如果当初您不叫我王一而叫我王二，那我就是王二了。王一只是一个代号，而不是我。我究竟是谁？"

　　"你是我儿子。"

　　"我承认我是您儿子，这是一个无法改变的事实，但，如果您去世了呢？我是不是就不存在了？"

　　"你是夏晴的丈夫，是王小的爸爸。"

　　"如果当初我没有娶夏晴，又没有生王小呢？这种可能性不是没有的，这样的话，我是谁呢?"

"你是中华人民共和国的公民。"

"您也是中华人民共和国的公民，但您不是我。如果当年您留在美国不回来的话，我就是美利坚合众国的公民，所以，这不能说明我是谁。"

"你是辽宁省沈阳市物资贸易公司的一名业务员。"

"这是我的职务，我的工作。我们公司有许多业务员，但他们并不是我。"

"你是我的儿子，是夏晴的丈夫，是王小的父亲，是辽宁省沈阳市物资贸易公司的业务员，是中华人民共和国的公民，这一系列的社会关系的总和就是你，一个叫王一的人。马克思说，人是一切社会关系的总和。"

"假如我一生下来您就去世了，我无妻无子没有工作，我像鲁滨逊一样漂流在孤岛上，那么我是不是就不存在了呢?"

"事实上这些假如并不存在。"

"但有可能存在。"

父亲离开了藤椅，不知为什么在藤椅上踢了一脚，藤椅在天井里怪异地旋转着。

"我笑了，笑得很灿烂，多年以后我回忆那晚的夕阳时，我固执地认为，夕阳正如我的微笑。"

"既然您不知道我是谁，那么您能否告诉我，您是谁?"

"我是谁?"

"是的，您是谁? 您是个哲学家，但却没有自己的哲学思想，讲的都是别人的主义，您是我父亲但却不知道自己的儿子是谁? 您说，您是谁?"

"我是谁? 我是谁呢? 我到底是谁呢?"

现在我住在一个雪白的房间里，我知道这里是精神病院，但我不认为自己得了病，我无非是想问一问，我是谁?

我的隔壁住着一位老人，他每天和我一样不停地问别人他是谁。

我知道他是谁，从某种意义上讲，他是我的父亲。

医生说:"治好你们的病唯一方法就是，别问自己是谁，事实上你谁也不是，只是一堆碳水化合物。"

西双版纳

一次失败的劫持

魏小湖从小就不喜欢自己的名字，想起来就会和名字发一通脾气。她对自己说，为什么我要叫魏小湖呢？叫魏小溪、魏小河，或者魏小江不行吗？有什么必要非叫魏小湖不可呢？然后，她往往会把矛头指向已经去世的爷爷，埋怨老人家太霸道了，还没见到孙子孙女们的影子呢，就提前把名字做了强制性的规定。魏小湖说："当初爷爷怎么不想一想，湖是一潭死水，千百年也不会流动一次呢！"

结婚之前，或者更早一点，在魏小湖上大学的时候，她对自己的未来做过好多种美丽的设想。比如说，她喜欢旅游和摄影，就曾经想象过和将来的丈夫一起牵着手游遍全国各地的风景名胜。甚至还想过国内的景点看完后，到国外去转一转，一路走一路留下一些美丽的瞬间，回到家里再一张张翻看那些照片，对各处的景致评头论足。她无论如何也没有想到等待自己的不是这些浪漫甜蜜的日子，而是一湖死水一样的生活。

魏小湖宿命地认为，自己如今的生活，都是小湖这个名字带来的。她的丈夫是一家公司的业务员，常驻南方的一个办事处。平时天南海北地跑，就是很少跑回家里。结婚十年，魏小湖的大部分时间都是像一潭湖水一样，在孤独和寂寞中度过的。多年来，湖面上静得出奇，不管是一点波浪，还是一道飞鸟的影子，都从来没有出现过。想起当年旅游的设想就更令人沮丧了，她和丈夫的工资都不太高，儿子一天天长大了，需要用钱的地方很多。连续几年的黄金周来临之前，魏小湖都下过决心要出去走走，最后考虑各种各样的原因，又都不了了之了。

魏小湖是在5月3日下午接到何为电话的，当时她正躺在沙发上一边看电视里关于黄金周的报道，一边和自己的名字生气。不夸张地说，何为的电话像一颗石子一样，把她平静的湖面击破了，并且泛起了一圈儿又一圈

儿涟漪。何为是魏小湖的大学同学，她一直觉得他们当初有那么点意思，只是谁也没有说破罢了。接电话时魏小湖的眼前就晃动着一个帅帅的男人形象，开始她没明白是谁，放下电话后恍然大悟，那个人就是何为。

毕业后他们有过一些联系，后来就慢慢地淡了，再后来基本上就断了。因为虽然每次打电话他们只谈一些在学校里的往事和当年的同学们，但魏小湖在潜意识里还是觉得如果再继续交往下去有点对不起自己的丈夫，就有意不再联系他了。

何为是在昆明给魏小湖打的电话，他告诉她正在云南旅游，非常凑巧地和另一个来旅游的同学住在同一家酒店里。魏小湖说，好啊！好啊！往下就没什么话讲了。没想到紧接着何为问她能不能来，说明天他要去西双版纳，如果来了可以一起去玩。魏小湖半开玩笑地说："就算我想去也不可能在一夜之间赶到昆明啊！"何为说："怎么不能，坐飞机有几个小时就到了。"魏小湖笑笑说："我可买不起飞机票呀！"何为说："来了我给你报销。"本来这事情魏小湖没当真，放下电话笑一笑也就完了，她知道何为毕业后就在南京的珠江路上开了一家电脑公司，如今已经有几千万的资产。但人家有钱毕竟是人家的事，一个玩笑还能当真吗！没想到不一会儿何为又打来了第二个电话，十分肯定地让她一定要去，何为打电话时旁边另一个同学也说："魏小湖你一定要来，十多年没见了，我们都想看看你现在的样子。"魏小湖就是在这样的情况下未假思索地说了"好的"两个字。何为说："那就这样，我等你电话，你来了我们一起去西双版纳，不见不散。"

接下来的时间过得飞快，魏小湖先把儿子送到了妈妈家，跑到民航售票处买了一张去昆明的机票。第二天下午起飞，晚上到达。她本来想打电话告诉何为自己到达的时刻，但何为的手机关机了，魏小湖想既然不见不散，估计没什么问题。她所在的城市没有直达昆明的班机，需要到另一个城市去乘坐，简单收拾一下，带了几件衣服后，她就踏上了到另一座城市的火车。

火车开动后，魏小湖就有点后悔了，虽然多年来她一直渴望去西双版纳看一看，但和何为一起去还是觉得有点不太合适。她心里隐隐约约地觉得，是不是此行会发生点什么呢？但第二天，魏小湖终于给自己找到了理由，她对自己说，西双版纳是个风景如画的好地方，我的目的是去旅游，想别的事情未免有些多余了。她这么想着时飞机正划过蔚蓝色的天空，穿行在朵朵白云之中。魏小湖感觉自己多年来第一次冲破了名字的宿命，真正地奔流起来了。

何为接到魏小湖的电话是在5月4日的晚上，也就是他给魏小湖打电话的第二天晚上，当时他正在南京的一家酒店里陪客户吃饭。魏小湖先是问他在哪里，他说了在南京后，魏小湖就开始大发雷霆。何为搞不明白魏小湖为什么发脾气，说他是骗子，还骂他不是东西。没等魏小湖的话说完，他就果断地挂断了电话。放下电话后他心里有个念头闪了一下，是不是昨天下午和同学在昆明时酒喝得多了些，对魏小湖说过什么话呢？

　　这个念头只是一闪而已，紧接着他又和客户谈他的生意了。此时，魏小湖正站在昆明的大街上望着眼前的车流人丛发呆呢！

一次失败的劫持

你干的好事

　　我认为我这个人算不上什么坏人，除了把老婆孩子扔在家里不管，自己一个人在外面坑蒙拐骗之外，我没有什么太大的劣迹。说实话，让我犯点大事儿，做个大案，我还没那个胆子呢！至今我也搞不懂，我之所以被关进了监狱，理由竟然是我对社会学做出了独一无二的贡献。通俗地讲，我发现了现代人心理阴暗的一面。

　　这是半年前的事了。我一个人喝完了酒，摇摇晃晃地走在大街上，心里想着怎样才能不费吹灰之力，又能源源不断地搞到钞票。想来想去也没想出什么好办法来。我突然被什么东西撞了一下，我抬头一看，撞我的是一个公用电话亭。我脑子里立刻来了灵感，酒也差不多醒了。我火速去银行用假身份证办了一张储蓄卡，然后躲在旅店里等着天快些黑下来。

　　晚上十二点多钟，我用手机随便拨通了一个号码，请大家注意"随便"两个字，这充分体现了我天才的想象力。接电话的是一个男人，很显然他对于半夜有人打电话感觉非常气愤。我没有给他嚣张下去的机会，压低了声音说："你干的好事。"男人已经有些害怕了问："你是谁？你要干什么？"我接着说："我是掌握你秘密的人，要想事情不被别人知道，就乖乖地按我说的做。"男人立刻软了下去，小声说："你让我做什么？"我冷笑两声说："按我说的卡号打进去一千元钱，三天之内不办，你就等着瞧吧！"说完我就按断了电话。应该说明的是，直到我被关进了监狱，我也不知道这个男人是谁，当然也不知道他干过什么好事。

　　第二天，我的卡上果然多出了一千元钱。初战告捷让我的信心大受鼓舞，这之后我开始了神话般地敛钱行动，您可能不太相信，我打十个电话，有九个按我说的去做了，只有一个求了我很长时间，说是实在拿不出一千元钱，那就算了，我是个能够设身处地为别人着想的人，办什么事都会留有余地。

　　过了几天，我觉得每次只要一千元有些少了点儿，我应该加大力度。一天晚上，我又随便拨了一个号码，接电话的是一个女人。说实在话，我不喜欢女人，这是因为我有一个当着处长的老婆，她始终让我有一种强烈的自卑感，所以每次打电话，只要是女人接的，我就拿出非常凶恶的声音。我说："你干的好事。"那个女人开始还虚张声势说："你是什么人？"我不理她说："我知道你干过了什么，要想保住秘密，往我说的卡里打进去一万元钱。"看来那个女人的心里素质不错，还不想立刻就范，说："你胡说什么？你究竟是什么人？"我提高了声音说："别管我是谁，我最后说一遍卡号，三天之内看不到钱，你就等着瞧吧！"说着我就按断了手机。

　　第二天，我的卡里存进了一万元钱。但这个女人惹恼了我，晚上我又重拨了她的号码，又向她要了一万元，她按我说的去做了。从这件事情上我看出了两点：一、她很有钱；二、她干的事很大。所以，我决定每天晚上给她打一个电话。

　　在这个女人往我的卡里存进了五十万元后的一天中午，我在旅店里被警察生擒活捉了。我意识到这次是我做得太过分了，我忘了给人家留一些余地，但既然已经成了阶下囚，我也就听天由命了。但固执己见的公安们，一点也没有考虑到我对社会学做出的贡献，以敲诈勒索罪把我关进了监狱。

　　一个月后，我十五岁的女儿来监狱看我。说起来真是惭愧，孩子从小到大我也没照顾她什么。我说："女儿啊，你和你妈好好过日子吧！就当没有我这个爹吧！"女儿哭了，说："我妈也因为巨额财产来源不明罪被关进了监狱。"女儿走后，我心里平衡了一些，暗自想，女处长也有今天。

　　半个月后，我在监狱里翻看报纸，看到了这样一条新闻：敲诈出的女贪官。说的是一个女处长，被敲诈了五十多万，不得已向警方报了案，自己也因为巨额财产来源不明罪被关进了监狱。我怎么看怎么像说的是我和我老婆的事，但没有确凿的证据，我不好妄下结论。后来我就把这件事忘了，我想世界上不会有那么巧的事儿吧！

一次失败的劫持

鸟笼

　　我心情不好时喜欢逛街，确切地讲是走路，什么也不看，顺着一条路走下去，到头了，再拐上另一条路，直到把自己弄得晕头转向，分不清东南西北为止。这时候会有一种搞不明白身处何地、辨别不清自己是谁的错觉，烦恼也似乎就是别人的事了。自欺欺人、自我安慰罢了，并不值得学习。

　　那天，我拐来拐去的不知怎么就走进了鸟市里，等我反应过来已经晚了，鸟和卖鸟人呼啦一下子把我包围了。早就听说城市里有这么个地方，一直没来过，今天算是大开眼界了。

　　一个六十多岁的老大爷，模样挺慈祥的，千方百计地要把一只八哥卖给我。说是这鸟养熟了，放它都不飞的，回去舌头一剪，好好调教，没准哪天就会说话了。他的销售手段很高明，终于让我动了心，把装着八哥的鸟笼子拎回了家。

　　我不是一个喜欢动物的人，八哥被拎回来，就一直在阳台上挂着，除了给它点水和米粒，我基本上不理它，当然也没给它剪舌头。看得出来，那只八哥也不喜欢我，我喂它时这个家伙总是把头扭到一边去，懒得理我的模样，挺狂妄的。

　　倒是儿子经常逗逗它，有时还把手伸进笼子里摸它。如果我不制止，这只倒霉的鸟很快就会被儿子折磨死。他拿它当玩具呢！

　　这天，我心情不好，又在外面乱走了一气，回到家发现鸟笼的门开着，笼子里的鸟不见了。儿子哭了，说本来以为八哥不会飞走的，没想到刚一开笼子门，那家伙就从开着的窗户逃走了，转眼就无影无踪了。夏天，我家的窗户是不关的。儿子说，我要是会飞就好了，可以追上去把它捉回来。

　　儿子哭主要是怕我揍他，我告诉他我不揍他，他就蹦跳着搭积木去了。我想起了那个大爷说的，放它走它也不飞的话，在心里骂了老头一句："做

最具中学生人气的微型小说名作选

生意不讲诚信。"

鸟飞走了，鸟笼我没动，关上笼子门，就让它那么在阳台上挂着。没有鸟，鸟笼子突然失去了内容，看上去便有些孤单，显得落落寡欢，很不好受的样子。看来它已经习惯了那只八哥在里面跳来跳去，弄得它摇摇晃晃的了。

后半夜，我被一阵声音惊醒了，第一个反应是进来贼了，于是去厨房提了把菜刀，胆战心惊地向发出声音的阳台走去。突然又听到"啪嗒"一声响，不知什么东西掉到了地上。我提心吊胆地打开灯，我看见地上一堆零乱的羽毛，一只鸟躺在血泊之中，是那只八哥！它嘴角流血，已经死了。鸟笼子还在摇晃着，笼子上也沾着血迹和羽毛。很显然，飞走的八哥在外面转了几圈儿后，又飞回来了，准确无误地找到了我家，又找到了它的那只笼子，它非常盼望像过去一样住进笼子里。天空虽然辽阔，却不是它的栖息之地，也许它认为只有鸟笼才是天底下最安全最温暖的地方。鸟笼是它的家，但很不幸，它回家的路线被笼子门无情地隔断了，它一定心急如焚，又无比悲愤，于是就一次次地撞向笼子，试图用它的血肉之躯撞开一条回家的路，最后竟然……

我开始后悔了，为什么要愚蠢地把笼子门关上呢？不然八哥一定会如愿以偿地回到笼子里的，它就不会撞死在笼子上了，死得还如此惨烈。

看来，我错怪了那位卖鸟的大爷，人家真的没骗我！这确实是一只养熟的八哥，放它走，它也不会飞。想一想，我自己在外面乱走一气后，不是也要回到家里吗？

一次失败的劫持

143

座位

　　父亲退休后很寂寞，于是就盼着过年。

　　父亲退休前是一局之长，风光、热闹，就不用说了。三个儿子也都出息，老大五年前就当了副局长，四年前转正局了。老二刚提了个处长，老三年轻，可也当上科长了。当领导的嘛，总是很忙的，忙得爹妈都忘了，只有过年，一家人才能团团圆圆地聚在一起，这年就显得尤其重要了。

　　厨房里，三个媳妇围着母亲忙活着，不图她们干什么，有个参与意识就行了，掌勺的还是老太太。餐厅里，父亲一边和儿子们聊着这一年的工作，分别了解了解情况，鼓励几句，一边仔细地摆座位。老大的儿子领着老二的女儿在房间里搭积木，不时地跑出来偷拿一块炸好的茄盒什么的。

　　菜一道道地摆上了桌子，父亲的椅子也全摆好了。那就坐吧，吃吧！但儿女们谁也不坐，等着父亲先坐。父亲在上首的餐桌头上坐下了，摆摆手，示意母亲坐在他的旁边，再摆摆手，左手依次是大儿子、二儿子、三儿子，右手依次是大儿媳、二儿媳、三儿媳。下首餐桌头坐着两个孩子。父亲盯着大家坐好了，照例要讲几句："嗯，今天过年，看着一家人团圆，我心里高兴啊！不过呢……"这不过呢后面，父亲往往会提出新一年对儿子媳妇们的期望和指示，全都讲完了，父亲转过头问母亲："嗯，你妈还有什么说的没有？"母亲笑笑说："吃完饭，你们把碗洗喽就行了。"大家都笑，一顿年饭就算是开始了。

　　媳妇们有时私下里会说："你们家规矩可真多，吃个饭嘛！还非要排什么座位。"儿子们答，长幼有序，中华民族的美德，很正常嘛！孙子孙女开始时不太适应，嚷着要挨着自己的妈妈，这时父亲会冷着脸盯着儿子，儿子吼一声："听话，想挨打了是不是？"孙子孙女就乖乖地回到下首的餐桌头上去了。

第二年，大家都明白了自己该坐哪个座位了。后来老三也有了儿子，下首的餐桌头上顺时针是老大儿子、老二女儿、老三儿子。这样的座次持续了几年，没变过。

去年，餐桌上出现了些变化，少了三个人，当处长的老二没回来。老二没回来，是因为老二自作主张下海经商了。父亲气得不轻，打电话告诉老二，今年你就别回来过年了，看着生气。这样餐桌上就少了老二、老二媳妇、老二女儿。人虽然没来，但座位却摆上了，父亲说，老二人没到，座位要留着，这样每个人还是照样坐原来的座位。老大和老三之间，老大媳妇和老三媳妇之间，老大儿子和老三儿子之间，都隔着一把椅子。

今年呢，经商的老二也被允许回家过年了。这两年老二干得不错，一家伙忙活了千儿八百万，成了青年企业家了。老大也有喜事，从局级升到了副厅。老三也不含糊，当了副处长了。

菜上齐了，大家照例还是站在桌子边，等着父亲坐。谁知父亲也不坐，拉过老二来让他坐，老二不坐，父亲就铁青着脸说："你还是不是我儿子？"老二只好坐了。接下来父亲让老二媳妇坐，老二媳妇扭捏着，说："我怎么能先坐呢？"父亲就拿眼盯着老二看。老二拉一把媳妇说："坐吧，坐吧，听爸的坐吧！"

再接下来父亲让老大和老大媳妇坐，然后父亲和母亲也坐了，又摆摆手示意老三和老三媳妇坐，最后孩子们坐。大家都坐好了，子女们看着父亲，等着他讲话，父亲不讲，让老二讲。老二知道不讲不行，就讲了。讲的什么就不说了，我来介绍一下今年的座位情况。

坐在上首餐桌头上的是老二和老二媳妇，老二左手边依次是老大、父亲、老三。右手边依次是老大媳妇、母亲、老三媳妇。下首餐桌头依次是老二女儿、老大儿子、老三儿子。

一次失败的劫持

145

慧眼

老婆经常告诫我出门在外一定要小心，少惹是非，多动脑子，谨防上当受骗。她说现在的骗子多如牛毛，搞不好就会碰上那么一两根。她还说，骗子们要真是牛毛也就无所谓了，那东西没有什么攻击性，但骗子们基本上都是牛刀，你碰上他就会被宰，就会受伤，就会流血。所以，你要有一双明辨是非的慧眼。

三天前，我和老婆从沈阳乘车回锦州。

火车是傍晚时分开出的，车上人不多，我和老婆坐了一个三人座位。对面是一个十八九岁的小姑娘，一上车就把头伏在茶桌上，一副心事重重的样子。老婆捅捅我，咬着我的耳朵说了两个字，我没听清楚，老婆又说了一遍，她说的是"骗子"，我不明就里。老婆压低了声音说："等着瞧，她很快就会和咱们搭讪。"

火车开出一站地后，我出去抽烟，回来时姑娘真的正和老婆说话。姑娘长得挺秀气，大眼睛、瓜子脸，左眉毛上有一颗挺大的美人痣。只是两只眼睛红红的，很显然刚刚哭过。姑娘说自己在沈阳一个生产方便面的厂子打工，厂里有一个叫大力哥的车间主任，经常欺侮女工。顺从他的给涨工资、派好活，不从的就被打击报复。大约半小时前，大力哥把她喊到办公室，她刚进去，大力哥就把门插上，一把抱住她。姑娘使出九牛二虎的力气，拼命反抗，这才从大力哥的办公室里逃出来，一口气就跑到了火车站。姑娘的遭遇让人同情，我刚想说点什么，老婆用胳膊肘在我肋骨上捣了一下，捣得我一激灵。一气之下，我又出去抽烟了。一会儿，老婆走过来说："小心上当，她马上就会说忘记带钱了。"

老婆有点像神仙似的，我们刚回到车厢里坐下，姑娘就说她跑得匆忙，好多东西都没有带，还说她也是到锦州下车，然后再转车去朝阳，到朝阳后还要再转汽车去一个叫六间房的小乡村。老婆话题一转，说六间房那地方她以前去过，印象中风景不错。我忍不住说，这车到锦州可能要九点多钟，恐怕就没有去朝阳的车了，即使有去朝阳的车，下车后大半夜的也不可能再有去六间房的汽车了。姑娘就一脸茫然地看着我老婆，一副走投无路的表情。老婆躲开姑娘的目光，偷偷向我挤挤眼睛，示意我闭嘴。

老婆的表现让我很气愤，我把她拉出车厢说："我们该建议姑娘住在车站旁边的旅店里，明天天亮时再走，这样会安全一些。"可老婆认为，"如果我们这样说了就会迈出上当受骗的第一步，姑娘紧接着会告诉我们她的钱不够，或者是身份证也忘带了，住不上旅店。然后，很有可能会说：'大姐、大哥你们能不能帮我找个住的地方。'你心一软就会毫无原则地借钱给她，或者是脑袋一热，把她带回家里去。姑娘自然会感激涕零，连声夸你是个好人。你把她带回家，自己就像一个好人似的心满意足地睡着了，明天早晨睁开眼睛一看，姑娘踪影皆无，和她一起失踪的还有咱们家那点可怜的现金，搞不好还有我们两岁的儿子，到那时你就明白自己是让人家给骗了。"

老婆说得耸人听闻，我没听她的话，回到座位上就建议姑娘今晚住在车站附近的旅店里。姑娘的回答竟然和老婆设想的一样，果然是身上的钱不够，而且忘记带身份证了，所以下面的话我就不敢说了。老婆及时地接过话头，问姑娘在锦州有没有亲戚朋友。姑娘想了想说好像有一个远房的姑姑，小时候来过，现在不知还找不找得到了。姑娘说到这里眼泪就无声地流下来，看着让人心痛。我刚想说要不然我们带你去找姑姑，老婆暗中在我胳膊上拧了一把，用眼神示意我看过道另一边。我看见那边坐着一个膀大腰圆的男人。我搞不明白老婆是什么意思，但下面的话没说出来，咽进了肚子里。

火车很快就到锦州车站了，老婆拉着我迅速下了车。过出站口，来到站前广场上，老婆告诉我，男人和那个姑娘是一起的，在车上他时不时地看那个姑娘一眼，他们很可能是一个诈骗团伙。你带着姑娘回家，男人就会在后面跟着，说不定会怎么对付你。我们说话时果然看见长着美人痣的姑娘和那个男人并排从出站口走出来，两人一路说着什么话，然后一起上了一辆出租车。

在今天中午之前，老婆一直为她在火车上的机智而自豪，说来说去，最后都要炫耀一番她的那双慧眼。然后她还会说一句："要是你肯定就受骗了。"但中午以后她就一言不发了。今天中午，市电视台播报了一条凶杀

一次失败的劫持

案件的新闻，还有一个尸体认领启事。那个罪犯是先奸后杀，手段非常残忍。受害者是一个十八九岁的小姑娘，左眉毛上长着一颗很大的美人痣。

看完新闻后我一直不说话，老婆也低着头一声不响。过了一会儿，她突然抬起头："快点儿，穿上衣服跟我走。""你又想干什么？""我眼神好，已经记住了那个坏蛋的长相，咱们现在就去公安局提供些线索，一定要把他绳之以法！"

一只乌龟

那是一只土青色的小乌龟，在小区人行道的边上静静地伏着，如果不留神，很可能误以为它是一块小石头。

张嫂弯下腰，仔细地观察这只龟，乌龟的小脑袋迟钝地转动着，两只乌黑的小眼睛，似乎也在观察着张嫂。不知什么时候，一楼赵嫂的儿子小虎站在了张嫂的身边，张嫂说："乌龟呀！"小虎说："乌龟怎么啦！"张嫂说："多有趣的乌龟呀！"脸上是掩饰不住的喜悦。

很快，四楼王嫂三楼李嫂和一楼的赵嫂两口子也加入到了观察乌龟的行列。

不久，这幢楼里的所有住户都来看这只龟。乌龟好像受到了惊吓，缓缓地移动起来，沿着人行道向前爬去。人们跟在它的身后也缓缓地移动起来。乌龟拐了个弯，踏上了另一条人行道，人群也跟着拐了个弯。张嫂为了保住自己的最佳位置暗地里使了许多蛮力。

这时乌龟爬出了小区，爬上了门口的马路。围观的人越来越多，大家都迈着与乌龟一致的步伐前进，每个人都想看看这只龟究竟要去哪里。

交通已经被阻塞了，因为不断地有开车的司机走出车门加入了人群。但今天没有人管他们，因为交通警察也加入了看龟的行列。乌龟走过的那条马路上形成了一支浩浩荡荡的队伍，队伍在乌龟的率领下怪异地前进着。

乌龟有时候会停下来休息一会儿，这时候大家就会议论纷纷互相交换意见。"这只龟到底有没有目的地呀？""我看它没有，人都不知道一天该干什么，它能知道？""跟着看吧！""跟着看吧！"乌龟似乎很悠闲，稍作休息又继续前进。

电台、电视台、报纸的工作人员出现了，照相机、摄像机对着这只龟紧张地工作。直播的电视节目同时在电视上进行了播映，全城的人们都知道了

一次失败的劫持

149

这只龟，人们从东西南北各个方向加入到了看龟的队伍，万人空巷，今夜无人入睡，为了这只乌龟。按理说此时此刻应该是小偷先生的最佳时机，但不必顾虑，本城所有的小偷正在乌龟的后面缓步而行。

那只龟穿过一条马路，又穿过了一条马路，笔直地向城市的西方前进。西边有什么呢？在第三个十字路口乌龟改变了方向，拐上了向南的马路。人们跟着它拐了弯。南面有什么呢？

乌龟笔直地向南，穿过了一条马路，又穿过了一条马路，又是在第三个十字路口乌龟向东拐弯了。东边有什么呢？乌龟似乎也不知道东边有什么，因为它向东穿过两个十字路口后，在第三个十字路口又向北边拐去。

首先发现乌龟又转了回来的是走在队伍前面的张嫂等人。他们一抬头看见了自己住的楼房。张嫂说："怪了，乌龟怎么又转回来了？"这句话连绵起伏地传递到一个又一个人的耳朵里，大家都说："怪了，乌龟怎么又转回来了？"

这时，赵嫂的儿子小虎走出人群，一把抓起那只乌龟说："奇怪了，你们这些人干吗对我的遥控乌龟这么感兴趣呢？""什么？这是一只玩具乌龟？"这句话是张嫂说的，又接连不断地传到了每个人的耳朵里。大家都说："是一只玩具乌龟呀！"人们议论纷纷、七嘴八舌地说了起来，最后人们得出了一致的结论："无聊，真是无聊啊！"

非 洲

在一段时间内，确切地说是我和孟倩倩结婚后，我和她经常会从一些东西上联想到非洲。开始时是电视里出现的一片沙漠或者一个黑人，尽管那不一定是非洲的沙漠和非洲的黑人。

这时候，我会很突然地转过脸去看孟倩倩，我发现，她也一样在看着我。我们默默注视一会儿后，我说："听说非洲那地方很热，不太适合东方人生存。"孟倩倩说："非洲那地方好像非常喜欢流行各种奇怪的疾病。"然后，我和她都不再说话，把脸扭开，分别把目光放在一件什么东西上，尽管我们对那东西没有任何兴趣。

沉默好久后，我说："大刚出去有三年了吧？"孟倩倩说："三年零三个月。"接着我们往往同时说："也许他早就……"话说到这里我们会同时停住，互相看一眼。我们都知道没说出口的字是什么，这个字让我们有种犯罪感，好像一说出来就无法避免地成了凶手。我俩能做的是尽量少看电视。

后来，我俩从一些黑色的物体上也会很容易地想到非洲，比如黑皮鞋、黑色塑料袋、黑衣服、黑色轿车、甚至炒勺的黑底子，最后发展到每到天黑就会想到非洲，想到非洲后当然就会想到赵大刚。事实上问题还要严重得多，不仅仅是颜色，即使是一些词语也会让我和孟倩倩想到非洲，比如，飞、飞快、飞行、飞奔、非常、周到、周而复始、稀粥、想入非非、周全、非常可乐、飞黄腾达、四周等，最后这些词语都会无一例外地指向赵大刚。非洲和赵大刚似乎在很多的东西里隐藏着，轻轻一碰，就会一下子跳出来。

三年前的一天晚上，我接到朋友赵大刚的一个电话，他说他马上就要去非洲，家里的事情让我帮着照顾一下。他还说："哥们儿，三年后，有一个百万富翁会站在你面前，亲手把一颗正宗的非洲钻石交给你。"我问他那个百万富翁是谁，他说："还能有谁，当然是我"。但三年已经过去了，我不但没见到那位百万富翁和那颗钻石，而且没收到一点有关他的消息，这家伙彻底从我的生活中消失了。

好多个想起非洲的晚上，我都会和孟倩倩在床上预演赵大刚突然回来的场面。这时，我们好像看见赵大刚提着装满钻石的密码箱，就站在卧室的门口一样。孟倩倩说："真有那么一天，可怎么办呢？"我想了想说："永远不会有那么一天了，三年早就过去了，他不可能再回来了。"我虽然这样说，其实心里也不知如何是好。谁也说不清非洲和赵大刚还要继续折磨我们多长时间。

赵大刚去非洲后的第四年春天，有一天晚上，我正和孟倩倩在床上想着非洲时，有人敲门。我打开门，门口站着赵大刚。这时孟倩倩也从卧室里走了出来，我们一起看着门口的赵大刚发呆。赵大刚拍拍我的肩膀说："怎么地哥们儿，不认识我了？"赵大刚向身后招招手，说："我给你们介绍一个人，我现在的夫人——韩雪女士。"我这时才发现，原来在赵大刚身后还站着一个女人。

赵大刚坐在我家的沙发上讲了一大堆有关非洲的奇闻逸事。我和孟倩倩几次想开口说点什么都被他打断了，从非洲回来的赵大刚似乎非常能讲，对中国话无比亲切。最后我总算找到一个机会说："大刚，我和孟倩倩……"赵大刚摆摆手不让我往下说，他说："我理解，不瞒你们说，两年前我就和韩雪在非洲结婚了。"说完他还夸张地拍了一下韩雪的屁股，韩雪把屁股扭了扭说："缺德"，我们四个人就全笑了。

这以后，我和孟倩倩就不再想有关非洲和赵大刚的事情了。赵大刚已经回来了，他虽然没成为百万富翁，但也挣了不少钱，娶了一个叫韩雪的女人，现在住在另一座城市里。生活变得非常平静和自然了。

赵大刚回来后的那年秋天，有一天中午我接到一个电话。打电话的是市医院的一位医生，他问我是不是宋玉，如果是就马上到医院来一趟。在一间办公室里，医生告诉我："你的朋友赵大刚不行了，他想见你最后一面。"

我跑进急救室时，看见赵大刚正在病床上躺着，身上盖着一条很白的床单。他费了好大的劲冲我笑了笑，说："哥们儿，求你最后一件事，一辈子都要对孟倩倩好。"我问他韩雪哪去了，这时候为什么不在医院陪着他。赵大刚说，韩雪凭什么陪我，她根本就不是我老婆。我是怕你们心里不安，才演了那出戏。这辈子我只有一个老婆，她叫孟倩倩。赵大刚喘口气说："现在她是你的老婆。我看着她挺幸福，就没什么牵挂了。一年前你们结婚时，我看见她笑得很开心。"我目瞪口呆，问："你到底是什么时候从非洲回来的？"赵大刚很吃力地摇了摇头说："我从来就没去过非洲……"

我的朋友赵大刚死于一种慢性疾病，他第一次发病是在四年前。对此，孟倩倩一无所知，赵大刚临死时告诉我，如果把这事告诉孟倩倩，我就不是他的朋友。

一次失败的劫持

奸 臣

　　岳小湖第一次带秦松回家时，岳忠良正坐在桌子边，守着一只半导体听《岳飞传》。岳小湖把秦松推到他面前，满怀期待地喊了一声"爸"，说："这就是小秦，秦松"。岳忠良从秦松的头看到脚，又反过来从脚看回头，眉头就皱成了一个大疙瘩。秦松毕恭毕敬地把手里的礼物递过去，礼貌地叫了声"伯父"。岳忠良没接东西，鼻子里"哼"了声，站起身，拂袖而去，把秦松晒成了一根呆木头。半导体里的说书人"啪"一拍醒木，吓得他浑身一抖。这时，岳忠良去而复返，秦松以为有了希望，讪笑着喊声"伯父"。岳忠良抓起桌上的收音机，又冷冷地"哼"了一声。那天，一直到秦松离开，就再没见到岳忠良。

　　几天后，秦松心事重重地问岳小湖："你爸他，是不是看我不顺眼？"岳小湖听他这么问，就笑成了一团，说："我爸说你长得像奸臣，将来要变成秦桧。"秦松试探着问："咱们俩的事是不是要够呛？"岳小湖说："你要是秦桧，我就当王氏，死心塌地和你一起跪在西湖边。"

　　当天晚上，秦松对着镜子看了自己半个钟头，到底也没弄明白他和奸臣究竟有什么关系。但从此，秦松在岳忠良的面前就表现得格外谨小慎微，生怕一不小心就露出奸臣的迹象来。但他越是这样，岳忠良就越认定他是个奸臣——虚伪狡诈，当面一套背后一套。一年后，在秦松和岳小湖的婚礼上，岳忠良借着酒劲，拍拍秦松的肩膀说了四个字："好自为之！"秦松咬咬牙，在心里回了句，"等着瞧，看看我到底是不是奸臣！"

　　秦松为了尽量远离奸臣，时刻严格要求自己，不管是在家里，还是在单位，做人都小心翼翼循规蹈矩，表现得也特别出色。不时地，秦松会问岳小湖："你爸还认为我会变成奸臣吗？"岳小湖的回答每次都一样："我爸说了，你迟早有一天要当奸臣。"

秦松的表现得到了单位领导的重视，不久就提拔他当了科长。秦松把喜讯带回家，岳小湖很兴奋，岳小湖的母亲也很兴奋，两个女人张罗着要庆贺一下。岳忠良却面沉似水，冷冷地说："这不是什么好事，秦桧也是个当官的，可陷害忠良，祸国殃民。"

五年后秦松当处长时，他表现得很平静，只是轻描淡写地提了一句。但岳忠良仍然不依不饶，自言自语地说："官越大越危险，路还长着呢，从量变到质变，只是时间问题！"

多年来，不管身在何处，秦松总感觉有一双眼睛像刀子似的盯着他看，时时刻刻都让他如坐针毡，如履薄冰。开始他没明白是怎么回事，后来终于想清楚了，是岳忠良给他下的奸臣结论始终在监视着他。岳忠良的手好像就悬在他的头顶上，手里拿着一顶写着奸臣的帽子，如果他稍不留意，这顶帽子就会扣到他的脑袋上。

又是几年后，秦松当了局长。但他越是不断升官，岳忠良就越是认定他离奸臣又近了一步，甚至岳忠良还倚老卖老装糊涂，不时地把秦松的名字故意喊成秦桧。有时候岳忠良不理秦松，模仿说书人的语气对着空气来一句："秦桧，你这个奸臣！"

秦松局长多年来经受了各种各样的考验，每次只要心里稍微动一点坏念头，耳朵边就能听到有人喊他秦桧。那声音沙哑低沉，还带着点幸灾乐祸。秦松每次都是咬咬牙，战胜了诱惑，暗自说一句："等着瞧，看看我到底是不是奸臣！"秦松当了二十五年官，始终清正廉洁，金钱美女都不沾边儿。

秦松五十三岁那年市里发生了一桩大案。一位副市长跳楼身亡，紧跟着一大批领导干部纷纷落马。全市八大局有六个局长被撤职查办，秦松是幸免的两人之一。秦松得知这一结果后没有喊司机，跑着去了医院。八十高龄的岳忠良，像枯木头似的已经在医院躺了一个月。秦松拉着岳父的手涕泪横流，说："如果不是你老人家用特殊的方式警告了我二十八年，现在我就……"岳忠良身体不行了，但思维还非常清晰，他听岳小湖说完了情况，像二十八年前那样，冷冷地哼了一声说："秦桧，在我眼里你还是秦桧！"

岳忠良又奇迹般地活了两年后去世了。在临死之前，秦松问他："现在你承认自己看错人了吧？我秦松是个好人，不是秦桧，更不是奸臣。"岳忠良盯着秦松看了很久，用尽最后的力气，说了最后一句话："没看见你变成秦桧，我死不瞑目！"说完，就睁着眼睛离开了人世。

一次失败的劫持

岳小湖遵照父亲的遗嘱，把骨灰盒摆在了她和秦松的家里。遗嘱里还有句话，她没敢告诉秦松——就算死了，我也要看到这家伙变成奸臣的那副嘴脸！

　　料理完岳父的丧事后，秦松就办理了退居二线的手续。不再做领导的秦松每天都有很多时间，不时地他就会对着岳父的骨灰盒想起一些往事，经常想着想着就会问一句："你说说，咱们俩到底是谁错了？"

病 人

　　袁大海把所有家庭成员招呼到床边，就开始剧烈地咳嗽。他咳得很用力，把一张惨白的脸咳成了一挂长着鼻子眼睛嘴的猪肝。他母亲看着心疼，想过去给他捶捶背，被他摆摆手制止了。袁大海向地上吐了一口痰，把每个人都看了一遍，说："我要死了。"又指指地上的痰说："你们看看，痰里有血。"

　　当时，在场的除袁大海之外，还有七个人——袁大海的父亲、母亲、袁二海、袁三海、袁大湖、袁二湖、袁三湖。本来当初袁大海的父母预计的生育计划是五湖四海——五个女儿四个儿子，结果只完成了三湖三海。这七个人，十四只眼睛都看着那口痰。他们也知道袁大海活不了多久了，医生在几天前已经下了结论。

　　袁大海说："医生说了，我的病不能生气，一生气随时都会见阎王。"最小的袁三海插嘴说："大哥，那你就别生气呗！"袁大海说："老三，不是我想不生气就可以不生气，问题在于，你们从今往后谁也不能惹我生气。"大家听到这里就明白了，袁大海的父亲看看三湖两海，又看看妻子，说，"你们记住，从现在开始，谁也不能惹大海生气，谁惹他生气就等于是要他的命。"袁大海说："爹，也包括你，也不能惹我生气。"袁大海的父亲点点头，"对，也包括我。"

　　从此，袁大海就成了袁家的老太爷。凡是他想干的事，大家没有人敢反对。凡是他不同意的事，谁也不能干。

　　不久，袁二湖喜欢上了县高中的一位教师，打算嫁给他。对这门婚事，袁大海表示反对。袁大海没有说他为什么反对，只是说了六个字："不行，我不同意！"袁二湖开始试图用眼泪打动袁大海，低声下气地求了大哥三天三夜，最后还"扑通"一声跪在了袁大海的病床前。袁大海翻翻眼睛，冲

地上吐口浓痰，告诉她的还是那六个字："不行，我不同意！"又咳嗽了几声后，袁大海加了四个字："绝对不行，我肯定不同意！"袁二湖见软的不行了，就想来硬的，冲着袁大海吼道："恋爱是我的自由，你没权利干涉！"她的话刚说完，袁大海就犯了病，一头倒在床上，不停地翻白眼儿。

家里人火速把袁大海送到医院，好歹算是抢救了过来。袁大海睁开眼睛说的第一句话就是："袁二湖，她是个凶手，想要我的命！"袁二湖到底也没敢嫁给那位人民教师，三年后，委屈地嫁了一个工人。那个工人脾气不好，喜欢喝酒，喝了酒就喜欢打人，隔三差五就把袁二湖打得鼻青脸肿。袁二湖在一天夜里被毒打一顿后，哭了半宿，哭着哭着就睡着了。早晨醒来时，一出门见谁都笑，笑还不好好笑，笑着笑着转脸就哭，袁二湖变成了神经病，疯疯癫癫地活到五十岁时，在一天中午，把一条闪着白光的河当成了柏油马路，一脚踏进河里，就再也没上来。

袁三海大学毕业，踌躇满志地打算去南方发展，遭到了袁大海的反对。袁三海一气之下，离家出走。他前脚刚走，家里的电报就跟踪而至——袁大海犯了病，生命垂危。最后，袁大海又一次被抢救过来，而袁三海只得按袁大海的意思，回到县城里。从此，整天借酒浇愁，慢慢地就喝成了肝硬化，并迅速转化成肝癌。袁三海去世时是六十一岁。袁三海去世时说的是："这辈子活得窝囊！"

多年来，袁家人小心谨慎不敢招惹袁大海，生怕他犯病。袁大海的父亲和母亲去世时说的最后一句都是："老大有病，你们谁也不能惹他生气。"袁大湖七十二岁去世，临死时说的最后一句话也是千万不能惹袁大海生气。第二年，七十一岁的袁二海去世时，说了和袁大湖同样的话。转过年，六十七岁的袁三湖去世时，说的还是这句话。

袁三海去世后的那年春天，袁大海的心情很好，坐在病床上总结了一下，几个兄弟姐妹当年身体都比他好，但纷纷死在了他前头。再回忆一下自己从二十八岁起就被医生判了死刑，但直到现在还活着，就认为自己创下了一个医学上的奇迹。袁大海想了想就笑了，几十年来第一次要出去走一走。

他坐在轮椅里，由孙子推着去了县城公园，看了一次牡丹花。在公园里，碰到一个过去的熟人。熟人见到他吓得面无血色，拍着自己的脑袋惊问："你是不是袁大海？"袁大海点点头。熟人说："我是见到人了，还是见到鬼了？"袁大海笑而不答。熟人又说："你不是死几十年了吗？"袁大海摇头说："我还活着呢，今年刚好八十岁。"

李晓明的桃花

红的，粉的，白的，桃花，开在春天的桃树上。

小区路边的桃树下，几个孩子仰着头，指着树上的桃花。

"这朵是我的。"

"那朵是我的。"

"除了这两朵，剩下的都是我的。"

"那，哪一朵是我的呢？"

"李晓明，你也想要一朵桃花吗？"

"李晓明，这棵树上没有你的桃花，你的桃花还没开呢！"

"李晓明，你没有爸，没有爸的孩子没有桃花。"

"我有爸，我每个月都去看他。"

"李晓明有爸，他爸是个罪犯，罪犯的孩子不配有桃花。"

"李晓明，你爸是罪犯，你妈也不是好人，这树上没有你的桃花。"

"求你们，给我最小的一朵，行吗？"

"不行，别做梦了，你滚，这棵树上是我们的桃花。"

李晓明的衣服撕破了。回到家门口时，屋门上挂着一块牌子。李晓明知道他不能进去。妈妈说的门上挂牌子时他就不能进去。他坐在楼梯上，心里想："哪一朵是我的桃花呢？"想着想着他睡着了。桃花，开在李晓明的梦里。

红的，粉的，白的，桃花，开在春天的桃树上。

学校操场的桃树下，一群孩子围着桃树，仰头看着树上的桃花。

"这朵是我的，这朵也是我的。"

"那朵和那朵是我的。"

"这两朵是我的。"

"这边的三朵是我的。"

"那，哪一朵是我的呢？"

"李晓明也想要一朵桃花，你们说哪一朵是他的桃花？"

"哈哈！李晓明，这树上没有你的桃花，你的桃花还没开呢！"

"李晓明，你是个坏孩子，你不配有桃花。"

"李晓明，你是个坏孩子，你爸是坏人，你不配有桃花。"

"李晓明，你是坏孩子，你爸是坏人，你妈也是坏人，你不配有桃花。"

"最小的一朵，也不行吗？"

"不行，滚开，你的桃花永远也不会开。"

坐在教室里的李晓明想："我的桃花在哪里呢？"

"河里开的是什么花？李晓明，你回答。上课时间你为什么低着头？"

"桃花。"教室里，笑。

"李晓明，你家的桃花开在河里吗？你是不是故意破坏课堂纪律？对待你这样的学生唯一的办法就是严厉惩罚。你出去站到走廊里，不喊你，不许进来。岂有此理，真是岂有此理。"

红的，粉的，白的，桃花，开在三楼的窗外，开在李晓明的眼前。

下课时，走廊里没有了李晓明。老师喊："李晓明，你给我出来。"同学们喊："李晓明，你躲到哪去了？"

李晓明没有回答。他正躺在楼下的水泥地上，身体下盛开着一朵鲜红的桃花，那是他的桃花。好大，好红，像火一样燃烧在春风里。李晓明的桃花，开了。

最具中学生人气的微型小说名作选

没有用的事

　　父亲很忙，但再忙也没忘了教育儿子。自己的儿子嘛，和自己的老婆要区别对待。老婆是别人家的好，儿子呢，是自己家的好。谁的儿子谁不爱呢？

　　儿子拿起一本故事书，刚要看，父亲说："不许看，我跟你说过多少遍了？不要干没有用的事，你为什么不听呢？"儿子嘴里嘟囔一句，把书放下。

　　"你刚才说什么？"

　　"没说什么。"

　　"没说什么你说了什么？是不是不服气？对我的话有抵触情绪？"

　　儿子转身走开，把电视按亮，调到动画片节目。

　　"不许看，这也是没有用的事，把电视关掉。另外，你还没回答我的话，你刚才说了什么？"

　　儿子不动。父亲走过去关掉了电视。正在电视里舞着乾坤圈的哪吒，"咔嚓"一声，没影了。

　　儿子嘟囔一句，拿起一张纸，摆开画笔，准备画画。

　　"不许画，这还是没有用的事，你为什么总喜欢干没有用的事呢？干有用的事不行吗？你说说为什么？另外，你又说了句什么话？"

　　儿子嘟囔一句，站在窗前，看天空。天空上有一朵挺白挺白的云，一会儿像羊，一会儿像牛，不停变换着角色。

　　父亲走过来，顺着儿子的目光看了看，问："你在看什么？"

　　"没看什么。"

　　"没看什么你看什么？是不是在看云彩？你说说，看云彩能看出什么花样来吗？这也是没有用的事，没有用的事就不要干。"

儿子嘟囔一句，又要走。这次被父亲拉住了。父亲说："不许走，我们谈一谈，你说说，你到底是不是我儿子？"

"你说我是不是你儿子？"

"我不知道你是不是我儿子，如果你继续干没用的事，我就没你这个儿子。"

"那我是谁儿子？"

"我不知道你是谁儿子，反正不是我儿子。"

儿子嘟囔一句，又要走。

父亲又一次拉住他，说："你给我站住，这次你必须回答我的话，以后你还干不干没有用的事，另外，你嘟囔的都是些什么话？"

儿子叹口气说："好吧！那么你得告诉我，什么才是有用的事？"

"怪不得你总干没有用的事，原来你根本就不知道什么是有用的事。有用的事有很多，比如说吧，学习就是有用的事。学好习，将来你就能考上好大学，毕业后就能找到份好工作，工作后就能干得好，干得好就能当领导，当了领导呢……我就不说了，反正你当了领导时，就知道我说得有道理了。现在你告诉我，刚才你都说了些什么话？"

儿子说："既然你非要听，那我就说了，但我要先声明，我并不想说，是你逼我说的，你不许生气。"

父亲说："好，我不生气，你说。"

"如果看故事书是没有用的事，那为什么出版社要出这些故事书呢？如果看动画片是没有用的事，那为什么要有人搞动画片呢？如果画画是没有用的事，那为啥要生产画笔和图画纸呢？如果看云彩是没有用的事，天上为什么要有云彩呢？他们是不是也在做没有用的事？"

父亲笑了笑，"好，下面我就告诉你为什么。出版社出书是为了挣钱，搞动画片的人也是为了挣钱，工厂生产笔和纸呢，当然也是为了挣钱。你不给钱，人家能白送给你吗？这道理显而易见。所以说，他们都在干有用的事。挣钱就是有用的事。把我刚才的话和现在说的话总结一下就是，当官和挣钱，就是有用的事，别的都是没用的事，这道理你一定要记住。本来这些话是不能公开讲的，但你是我儿子，就无所谓了。至于天上为什么要有云彩呢？这个问题你问得就很不讲理，天上有云彩是自然现象，和有没有用无关，和你看不看也无关。下面你告诉我，你最后一句嘟囔的是什么？"

儿子笑了笑，"既然只有当官和挣钱是有用的事，那你为什么还要生我这个儿子呢？你把我弄来做儿子，就是干了件没有用的事。我刚才说的话就是，你对我说这些话，也是在干没有用的事。"

"你是我的儿子，所以我才教育你。"

"你说过的，我有可能不是你的儿子！"

母亲就是这时候走进屋子的，她很生气，指着父亲的鼻子说："你个狼心狗肺的家伙，凭什么怀疑儿子不是你的儿子？"

两个人就吵了起来。

儿子躲在旁边看起了漫画书，看了一页后，他叹口气说："唉！他们这些大人呀，总喜欢干些没有用的事。"

一次失败的劫持

爷爷是什么虫子

　　爷爷最近的心情不太好，有点灰暗。领导干部嘛，涉及一些事情时心情不好，也是可以理解的，但爷爷看到孙子还是会眉开眼笑的。爷爷有时候会很纳闷儿，小家伙咋那么会长呢？鼻子是鼻子，眼睛是眼睛的，脸蛋儿上一边还有一个小酒窝。忍不住就想亲一口，刚亲了，又忍不住，就再亲一口。在爷爷眼里，孙子就像一缕阳光，奔跑着，就把他的心情照亮了。

　　爷爷带着孙子去公园。孙子指着落在花上的一只蜻蜓喊："爷爷，爷爷！"爷爷就笑了，说："那是蜻蜓，你不该指着它喊爷爷。"那只蜻蜓听不懂爷爷的话，当然也不知道自己刚刚占了别人的便宜，傻呵呵地在花上转着小脑袋。它没有单位工作的经历，虽然是一位领导的话，它照样表现得无动于衷。孙子说："我要，我要！爷爷给我捉蜻蜓。"爷爷摇摇头，"孙子乖，蜻蜓是益虫，不能捉。"

　　"爷爷，什么是益虫呀？"

　　"益虫嘛，就是对人有益的虫子。"

　　孙子眨眨眼，把一对小眉毛皱得挺严肃，使劲想了想说："爷爷，什么是'有益'呀？"

　　"有益呀，就是有好处。比如说吧，蜻蜓能抓蚊子，抓了蚊子呢，蚊子就咬不到我们，吸不到我们的血了，所以蜻蜓就对我们有好处。"

　　爷爷向一片花叶上指了指，"你看看，那是只七星瓢虫，它吃的是蚜虫，不让蚜虫们破坏植物，这样花才能开得艳，开得好看，所以这种瓢虫也是益虫。但也不是所有的瓢虫都是益虫，只有七星的这种是益虫，别的不吃蚜虫的，就不是益虫。"

　　孙子说："爷爷，蚊子和蚜虫是益虫吗？"

爷爷皱一下眉，孙子把他和两种害虫并列，这种表达方式让他有些不太舒服。但孙子说话的历史还很有限，还不了解中国汉语的奥妙，所以爷爷不舒服了一下，也就接受了。爷爷用手摸一把孙子的头顶说："蚊子吸人血，对人有害，所以它们不是益虫，是害虫。凡是对人有害的虫子，都叫害虫。蚜虫呢，它们这些家伙吸植物的汁液，所以也是害虫。"

　　孙子似乎对这个问题非常感兴趣，歪着小脑袋想了想说："爷爷，蚊子吸人血是害虫，但蚜虫只吸植物的汁液，怎么也是害虫呢？"

　　爷爷说："蚜虫破坏植物，让人看不到美丽的花，漂亮的叶，让我们不能赏心悦目，影响我们的情绪，所以也是害虫。"

　　孙子摇摇头，还是没有搞清楚这个问题。

　　爷爷是位比较有耐心的爷爷，说："打个比方说吧，生活中有些坏人，他们对别人有害，像小偷啦，贪污……（爷爷说到这里突然意识到什么，就把后面一个字留起来，没有说）他们影响了社会治安，就是害虫。有些人呢，对爷爷没害，却对你有害，所以在爷爷心里，他们也是害虫。"爷爷说完这些，心情就又有些灰暗了。

　　孙子想了想，差不多把这个复杂的问题搞清楚了，但轻易他还不打算转移话题，又问："爷爷，这些事情，害虫们自己知道吗？"

　　爷爷没听清孙子的话，他心里正想着别的事情。孙子就又问一遍，"爷爷，害虫们知道自己是害虫吗？"

　　爷爷抬起头，看了看天，天上有两朵云，不停地变换着形状，像人生一样，让人捉摸不定。爷爷说："害虫们其实是不知道的，它们也是为了生存，但如果它们害得太过头，就要出危险了。"爷爷后面的几句话已经不是对孙子讲的，更像是自言自语了。说这些话时，爷爷也沉到了某种情绪中，一副若有所失的表情。

　　孙子拉拉爷爷的手，把爷爷从那种奇怪的情绪里拉出来，又问："爷爷，那我呢？我是益虫还是害虫呢？"

　　爷爷被孙子的话逗笑了，刮一下孙子的小鼻子说："孙子不是虫子，所以也无所谓是益虫还是害虫了，如果孙子是虫子呢，当然是益虫了。"

　　孙子的小眼珠转了几圈说："但是爷爷，蚊子和蚜虫又是怎么想的呢？"

　　爷爷没听懂孙子的话，愣愣地看着孙子。

　　孙子说："我打蚊子时，对于蚊子来说，是不是也是害虫呢？瓢虫吃蚜虫时，蚜虫是不是也认为瓢虫是害虫呢？"

一次失败的劫持

爷爷想了很久，最后叹口气说："也许蚊子和蚜虫确实是这样想的吧!"

　　孙子就咧开嘴，很灿烂地笑了，笑着笑着又问了一句："爷爷，那你是益虫还是害虫呢?"

　　这句话让爷爷突然抖了一下，像一只被拍了一巴掌的蚊子似的，一下子定格了。

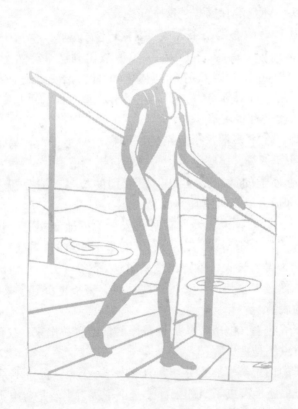

最具中学生人气的微型小说名作选

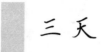

三天

宋玉到锦城后认识的第一个人就是孟倩倩。

当时，宋玉正肩膀上扛着行李，手里提着一只挺大的包，低着头通过锦城地质队的大门。那扇门只开了一部分，行李有些大而且挺重，宋玉像和行李摔跤似的，费了好大的劲才走进了门里，没留神，就和一个人撞在了一起。宋玉赶紧说："对不起，对不起，真是对不起！"被撞的那个人没说话，"扑哧儿"一声笑了，一闪身，一阵风似的从他身边吹了过去。宋玉闻到风里有一股鲜花般的幽香，回过头就看到了一个女孩儿花枝样的背影。后来，宋玉曾经问过孟倩倩那天为什么笑。孟倩倩听他问就又笑了，说："撞了别人一下，连着说了三个对不起是不是有点儿傻啊！"

宋玉很快搞清楚了，他撞的那个女孩儿叫孟倩倩，是锦城地质队的家属，和他一样也是今年新毕业的学生。不久，宋玉和孟倩倩的爱情自然而然地开始了。

事情出在两年后他们马上就准备结婚前的一个晚上。那天，宋玉像每天一样去家属院里找孟倩倩。他想和孟倩倩再商量一下结婚典礼的一些细节问题。孟倩倩没在家，孟倩倩的父母也说不清她去了哪里。宋玉想孟倩倩也许是有什么事情，婚礼的事明天在班儿上说也一样。但第二天上班时宋玉仍然没找到孟倩倩。当天晚上宋玉又去了孟倩倩家，孟倩倩还是没在家。孟倩倩的父母说女儿昨晚就没回来。说起来有点儿让人难以置信，孟倩倩就这样莫明其妙地在宋玉面前消失了。

对于这件事，宋玉真是百思不得其解。他猜测唯一的可能性就是孟倩倩出了什么意外。就在他准备去公安局报案时，三天后的早晨，孟倩倩突然出现在宋玉的面前。关于这三天，孟倩倩的回答是淡淡的六个字："有事，你别问了！"宋玉认为这种解释有些苍白无力。

几天后宋玉和孟倩倩举行了婚礼。孟倩倩的爸爸是地质队的一个科长，结婚这天来了不少客人，婚礼的场面热闹非凡。但孟倩倩失踪的那三天却像三个大问号似的，时刻悬挂在宋玉的心头。后来，宋玉从档案室的科长嘴里了解到，孟倩倩失踪的前一天曾经接到过一个电话，打来电话的是一个男人，自称是孟倩倩的同学。这样，那三个问号就又扩大了几倍。结婚后，宋玉曾经数次尝试着让孟倩倩说出那三天的去向，但孟倩倩似乎对这件事非常敏感，他刚一开口孟倩倩就赶忙把话头岔到别的地方去了。

结婚十个月后，宋玉的儿子宋朝出生了。在医院，护士把儿子抱给宋玉看时，他观察得非常仔细。他心里一直在问自己一句话："这个小家伙真是我的儿子吗？"

多年来，宋玉心头的那三个问号一直像三把锋利的钩子似的牢牢钩着他的心，只要稍微一动心就会猛然地疼一下。后来，随着时光的流逝那三个问号慢慢地拉直了，宋玉以为自己可以不再计较那三天的事情了，但他又很快发现拉直的问号变成了三根绳索，它们紧紧地拧在一起，始终捆在他的记忆里。绳索不断地延长着，慢慢地在他和孟倩倩之间堆起了一道看不见的墙壁，这道墙壁让宋玉始终无法真实地走近孟倩倩。

宋玉在工作上很出色，毕业五年后就被提拔为中层干部。那时候地质队已经从原来国家划拨任务开始向市场经济过渡，宋玉经常会有一些场面上的事情需要应酬。宋玉进步最大的是他的酒量，原来几乎滴酒不沾，现在喝个半斤八两跟没事儿人似的。市场上的事情往往就要投甲方所好：人家喜欢喝酒，宋玉陪喝酒；人家喜欢跳舞，宋玉就带着去舞厅。时间长了宋玉就认识了一些舞厅里的小姐，这些小姐嘴都很甜，一律叫他玉哥哥，把宋玉当个财神似的供着。开始宋玉对这种称呼有点儿不太习惯，一叫他就会脸红，后来就慢慢习惯了，她们一叫，他还会抬手在小姐们的脸上摸一把说："这几天想我了吗？"

宋玉第一次和别的女人上床是在陪一个外地来的大客户吃过饭之后。那天那个客户在喝酒时讲了一个小笑话，说有一个男人，妻子经常红杏出墙，男人却视若不见，同事送给他一副对联。上联是：只要日子过得去；下联是：哪怕头上有点绿；横批是：忍者神龟。这个笑话让宋玉心里一紧，孟倩倩多年前失踪的那三天立刻又回到了他的眼前，恍若昨日。宋玉在心里骂了一句："他妈的，说不定我这些年就一直扮演着忍者神龟的角色呢！"酒宴结束，宋玉给那个客户找小姐时，也同时给自己找了一个。进入那个小姐的身体时，宋玉恶狠狠地想："孟倩倩，你说，那三天你到底干了些什么?"

　　半年后,宋玉因为成绩突出提了副队长,又半年后他有了第一个情人。女孩儿是新毕业的一个大学生,宋玉把她弄到身边做了秘书,还给她安排了一套住房。做这些事情时宋玉认为自己心安理得,他觉得这是对孟倩倩失踪那三天的一种回应,是一次合情合理的复仇行动。他想,"我他妈的也一样能让别人成为忍者神龟。"

　　宋玉出车祸是在几年后的一天傍晚。那天他是去外地谈一个合同,回来时在高速公路的下道口他的车被一辆载重汽车追了尾,开车的司机只受了些轻伤,坐在后座上的宋玉当时就昏了过去。

　　四个小时后,宋玉在医院的急救室里最后看了孟倩倩一眼。他看见孟倩倩正泪流满面地望着他,宋玉想如果当年她不失踪那三天,生活该多么完美呀!接着他把手艰难地伸出去,试图做最后一个动作。还没有做完,他的手就无力地垂了下去。

　　在雪白的床单上,他伸出的三根手指像三条岔路一样,僵硬地指向三个不同的方向。

一次失败的劫持

人生脸谱

花匠老丁

老丁原来是一位卡车司机，整天开着汽车从南跑到北，从东跑到西的，总也没有闲着的时候。二〇〇〇年春天，老丁到南方拉了一次货，回来后双腿就没了。

那天，老丁从医院的病床上睁开眼睛后，先看见了老伴儿和女儿的四只红眼圈儿，开始还有点儿纳闷儿。手向下一伸，就摸到了两只空荡荡的裤腿管。老丁就又把眼睛闭上了，再睁开时，老丁笑了，说了一句话。老丁说："老太婆，从今往后，你再也不用给我花钱买鞋了。"

那一年，老丁其实并不老，刚刚五十岁。

老丁没了双腿，不可能再到单位上班了，单位给了他一份工伤补偿，从医院出来，老丁就办了病退手续。

回到家里的老丁开始让老伴儿很担心，他一连几天都靠在窗台边，眼睛呆呆地看着窗外。老伴儿就琢磨，这老丁是不是要跳楼啊！老伴儿就有事没事地跟他说话。老丁明白了她的意思，说："老太婆，就算想跳楼，我也不能从这跳啊，咱们家住的是一楼呀！"

几天后，老丁就摇着轮椅出了门，费了好大的劲终于来到了窗底下的那块空地上。那块空地无人料理，长满了荒草。老丁看了一会儿，就开始拔草。从这天起，老丁正式进入了他的花匠生涯。几年后，老丁拥有了他自己的一座花园。

老丁的花园南北宽五米，东西长十米。所以从规模上看，老伴儿认为应该叫花圃才更准确些。但她每次叫花圃，老丁都会冲她瞪眼睛，瞪得她浑身长了刺似的不自在。在老丁锐利的目光威胁下，老伴儿最后也放弃了原则，认可了花园的说法。

这些都是后话了，我还是接着说老丁建花园的过程吧！

老丁拔了半天草后，就发现他急需一条供轮椅行走的甬道。那块空地是土地面，轮椅一压上去，就很难再移动了。老丁用了一下午的时间，丈量了尺寸，又在晚上做了计算。他计划是用砖做材料，建造纵横交叉的两条甬道。一条十米长，另一条五米长。老丁计算的结果是，他需要三百九十块砖。

老丁先花了三天时间，用三块木板和四只轴承做了个简易的小车，拿一根绳子系在他的轮椅后面，就胸有成竹地上街了。老伴儿试图帮忙，被老丁摆摆手赶回了家里。

一块砖五斤重，老丁一次运十块，五十斤。卖砖的地方离得不远，老丁每天往返三次。十三天后，终于把所有的砖都运到了那块空地上。

接下来，老丁遇到一个难题，怎么把砖变成道路让他有点头疼。后来，他从砖厂搬砖的砖夹子上受到了启发，自己改装了一个加长形的工具。然后他又制作了一个加长的橡胶锤子，砖放下后，用锤子敲几下，砖就老老实实地待着不动了。

老丁用了五天的时间，终于铺好了两条甬道。用橡胶锤又在每块砖上敲了一遍后，就扯着嗓子喊老伴儿。老伴儿以为老丁出了啥事呢！着急忙慌地跑出来。老丁说："老太婆，现在是某年某月某日几点几分，我宣布，花园的甬道正式通车了。"说完，老丁就摇着轮椅从南到北走一次，又把车倒回来，从东往西走一次。老伴儿看一眼老丁，背过身去，眼泪就下来了。

甬道建好后，老丁把镰刀头固定在一根竹竿上，做成了一个锄草工具。几天后，老丁就把空地上的荒草全部锄净了。老丁又改装了一个松土工具，把整个园子里的土都松了一遍。秋天的时候，老丁摇着轮椅，又兴致勃勃地上街买花籽去了。

第二天，老丁很仔细地把花籽种进了土地里。从那以后，他就把整个心思都用在了花园里，施肥、浇水、捉虫子，忙个不停。十几天后，第一颗小芽从土里钻了出来，两天后，园子里就有了一片希望的绿色。

老丁的花长势不错，挺起花茎，舒展开叶片，争先恐后地都长高了。不久，花茎的顶端就都冒出了一个让人浮想联翩的花骨朵。又过了几天，花骨朵们越来越大，像一张张含着笑容的小嘴巴似的，都露出要开口说话的迹象。老丁对老伴儿郑重地宣布："我已经看到花骨朵里面的花了，用不了三天，它们就会全部开放。"

老丁的花种得有些晚了，他说完这句话的第二天，突然下了场秋霜。

早晨，老丁看到，满园子的花们都垂下了脑袋，冻死了。站在他身后的老伴儿就有点替他担心。老丁摇着轮椅，从南走到北，又从东走到西，最后在花园的角落里停住了，指着花丛像个孩子似的喊："老太婆，你快看，还有一朵花没死呢！"

老伴儿果然看到了一朵很小的花骨朵，可能是因为它太矮了，没机会沾到秋霜，现在别的花都垂下了脑袋，就把它露了出来。老丁和老伴儿一起，给这朵花骨朵扣了个塑料棚子。

三天后，这朵花终于开了。那花是粉红色的，很小，也不太美，一副胆战心惊的样子。它一点也没想到，自己是老丁的花园里开出的第一朵花。

一次失败的劫持

词人老赵

　　我的朋友老赵，是一位搞短途运输的司机，他每天都把一辆老掉牙的面包车开到马路市场上去等生意。没活儿时，就拿出棋袋，招集几个人，蹲在电线杆子底下杀象棋。你是臭棋篓子，他是臭棋篓子的互相攻击。有了雇主，说声回头见，踩一脚油门就走。

　　和别的司机不太一样的是，老赵是个词人。

　　老赵的第一首词作于一九八五年春天，写在一张烟盒纸上，名字叫《卜算子》。老赵对我说，过了五年后他才整明白，原来卜算子只是个词牌名，应该另外再起个名字才对。老赵说，那首词还剩两个字写完时，圆珠笔没油了，结果，后两个字上各扎了一个大窟窿。

　　老赵长得挺难看，嘴里有两颗不太雅观的龅牙。可能是受龅牙的影响，口齿也不太清晰，一兴奋了就有点儿结巴。但老赵喜欢讲，手一摸方向盘，话匣子就打开了，好像方向盘上装着一个按钮，控制着他的发声器官似的。天南海北，古今中外，不管道多远，老赵的话都能跟着车轱辘一起旋转。当然了，老赵讲得最多的，还是他的词。

　　老赵开了二十年车，也写了二十年词，积攒下五个塑料皮的日记本。那五本词每天都放在方向盘旁边的一个铁盒子里。有了雇主，瞅准机会，就拿出来给人家看。有点文化、会说话的人，假装翻一翻，说："好，好，真好！没看出来呀，你有两下子啊！"老赵就咧开大嘴，很得意地笑，说："过奖，过奖。"他一笑，那两颗龅牙就露了出来。也有些雇主说话挺粗，日记本没翻开，就直接给老赵扔了回来。说："吃饱了撑的咋地，你没事整这玩意干啥呢？"老赵也笑，照样露出两颗龅牙来。说："惭愧，惭愧。"老赵是个快乐的人。

　　司机嘛，总会遇到被交警罚款的事，别的司机挨了罚会凑在一起乌烟瘴气地骂个不停，一整天气都不顺。老赵挨了罚，不骂，躲在驾驶室里写词，一首词写完，气就顺了，接着又该干吗干吗去了。

说起来，在老赵的读者中，我是把五个日记本全读完的第一个人，老赵因此认为我是他的知音。隔三差五地，收了车，老赵就会给我打电话，说："那个啥，安知音，过来喝扎啤吧，我请你。"

喝着酒，老赵就问我："老安，你知道我这辈子最高兴的是哪一年吗？是九〇年，那年我写了一百首词，眼巴前的词牌子都让我写完了。知道我为啥有那闲工夫吗？那年我出了车祸，一条左腿撞折了。"老赵喝口酒，看看我，说："老安你信不信，啥时候右腿要是也能撞一下，我还能弄出一百首词来。"我们俩就都笑了。

我曾经问过老赵，他写词的动机是什么？老赵没明白我的意思，愣愣地看我半天，回了一句："老安，动机是啥玩意？"我说动机就是动力和起因，也就是说你为什么要写词。老赵想了一会儿问我："老安，词这东西，我还非得找出点啥理由，才能写它吗？"他这么一问，我反倒不知说啥好了。老赵的词从来没投过稿，估计他也没想过出书出名什么的。从那天开始，我就认为老赵是一位词人了。

老赵没孩子，他结婚挺晚，快四十那年才好歹找到个愿意嫁他的女人。老赵的老婆我没见过，听说挺爱打麻将的，老赵一出车，她就稀里哗啦地忙活开了。有时候，老赵收了车回家，锅空灶冷，他老婆还没从麻将桌上撤下来呢。我喝点儿酒就说："老赵，这老娘们儿也太败家了，干脆休了算了。"老赵就"嘿嘿"地笑，说："谁还没点爱好呢！"

我听说老赵的老婆，除了打麻将，还有点儿别的爱好，对我说这话的人，边说边冲我直眨眼睛，好像他的眼睛突然犯了什么毛病似的。

这事就不说了，我还是说老赵的爱好吧！他除了写词还爱好收集古物。他喜欢到农村送货，越偏远的地方越好。把货送到了，他就开始四处转悠，古钱、古瓶、古刀，凡是沾个古字的，不管值不值钱，全都划拉到驾驶室里。再一见面，他就一样一样地向我炫耀。

昨天晚上，我接到老赵的电话，喊我到大排档上喝酒。我这才想起来，已经好长时间没见到老赵了。

一见面，老赵就举起杯子，非要和我整一个。一杯酒喝下去了，老赵擦擦下巴上的啤酒沫说："老安，告诉你一件事，我老婆跑了。"我笑了笑说："她不是又跑谁家打麻将去了吧！"老赵摇摇头，"她跑一个多月了，连钱带人，都没影了。"我听到这就不知说啥好了，低着头想劝他的词儿。老

一次失败的劫持

赵突然拍拍我肩膀，"兄弟，我合计明白了，跑了就跑了吧，腿长在她身上，想留也留不住。"停了停，老赵又说："谁还没点儿爱好呢！"

老赵把一张纸推到我面前说："这是我刚写的一首词，写完了，我就合计明白了。"

老赵的新作写得不错，但有点剽窃嫌疑，最后几句是这么写的："山中无老虎，猴子称大王，天要下，娘要嫁，由她去吧！"

三爷的棉袄

处长正找我谈话时我腰里的手机不识时务地动了起来，我不露声色地按下了关机键。这次谈话可能关系到副处长的人选，我不想有任何一点儿闪失，让自己功亏一篑。

走出处长的办公室，我重新开了机，看到的是一个陌生的电话号码，正想着可能是打错了，那个号码又来了电话。电话里说："哥，快回来一趟吧！我爷不行了。"我说："你爷不行了跟我有什么关系？"电话里说："哥，是我，我是二愣子，我爷住院了，非要见你最后一面。"二愣子是三爷的孙子，看来我必须立即回老家一趟。我首先想到要和处长请一个假，耽误这点儿时间我想三爷不会介意，三爷就曾经对我说过，在任何情况下都要尊重领导。

处长知道我要回家看望三爷说："巧了，我正要到那个县里去办点儿事，你就搭我的车去吧！"我说，"那不好吧？"处长说："这有什么，顺便我也去看看你的三爷，单位职工的家属得病我这个当领导的去看看，可以吧！"我使劲点着头说："当然，当然，我是怕影响您的工作。"处长大手一挥，"走，上车。"

大概处长有坐车休息的习惯，车开不久就闭上了眼睛，我不便打扰处长，在心里回想着有关三爷的一些往事，我想起了三爷的棉袄。

五年前我刚当上科长的一个冬天，晚上回家时看到门口蹲着一个人，怀里抱着一个大包袱，我怀疑八成是无家可归的盲流。那个人听到脚步声抬起了头，看了看我，赶忙从楼梯上跑下来对我点着头说："国强，你回来了。"这时我才看清那人原来是三爷。我喊了一声"三爷"，三爷拍了拍怀里的包袱说："知道你当科长了，给你带来点东西。"

在屋门口，三爷说什么也不肯先走进屋子，他说一定要让我先进，因为我是领导。三爷进屋后就开始解他带来的那个包袱，一层又一层的竟然包了三层，里面是一件崭新的棉袄。棉袄是蓝色的，从样式上看大概流行于我出生的那个年代。三爷说："这件棉袄我留了三十年了，今天总算找到了主人。"三爷满脸崇敬地捧起那件棉袄说："我三十五岁那年得了厂里的生产标兵，厂长亲手把这件棉袄发给了我，这是干部服，你看看，工人的棉袄都是两个兜单排扣的，这件棉袄是四个兜，双排扣的。我是个工人当然不能穿干部的服装，从那时开始我就盼着咱老安家啥时候能出一个干部，我就把这件棉袄送给他，盼了三十年，总算盼到了这一天。"说着三爷的眼圈红了，我看到两行热泪从他的眼角流了下来。三爷抹一把眼泪说："别笑话你三爷，我这是高兴啊，我这辈子是当不上干部了，咱老安家总算有人当上干部了，我高兴，真是高兴啊！"

我留三爷吃饭，三爷说什么也不同意，他说："你明天还要工作，当领导的，肩上的担子重啊！我不能影响了你休息。说着三爷捡起地上的包袱皮逃跑似的走了出去。"

从那以后三爷每年春节都给我打电话拜年，隔一段时间也会来个电话问问我的身体，他说毛主席讲身体是革命的本钱。从那件棉袄推算，三爷今年应该是七十岁了。

车很快就停在了县医院的院子里，我说："处长，要不然您先办您的事吧！"处长说，看病人要紧。

我和处长走进三爷的病房时，三爷已经处于昏迷状态了，我伏在他的耳边喊了几声"三爷"，三爷缓缓地睁开了眼睛，看到是我，浑浊的眼睛突然一亮说："国强，本来我不该让你撂下工作来看我，但不见你最后一面，我说啥也闭不上眼啊！"我见三爷醒了过来，赶紧把处长介绍给他。三爷听到我的介绍，身子颤了一下，似乎挣扎着想要爬起来。处长把手伸向三爷说："老人家，您好啊！"我示意三爷，处长是要跟他握手。三爷颤抖着抬起手，想起了什么似的，又把手放下来，用力在被子上蹭了几下，握住了处长的手，浑身抖动着，眼角流出了泪水，好半天才断断续续地说："领导多帮助批评国强，只有这样他才能进步啊！"处长笑着说："放心吧老人家。"我看到三爷的嘴角浮现出了一丝满意的微笑，眼睛里的光也逐渐变得暗淡下去，我想三爷马上就要离开这个世界了，人的生命有时候真的很脆弱呀！

突然，三爷的手又抬了起来，指着病房里的什么地方。二愣子跑过来说："爹，你还有什么要交代的吗？是不是想再看一眼你的重孙子啊？"三爷努力摇着头，手仍然举着。二愣子说："你是不是还想看一眼我奶呀？我这就把她背来见你。"三奶多年前就得了关节炎，一直瘫痪在床上。三爷的手还是举着，脸上的表情似乎有些愤怒。望着他手指的方向，我明白了他的意思，拉过一把椅子来放在处长的旁边说："处长，您请坐。"处长坐下后，三爷的手终于慢慢地放下了，带着一副欣慰的表情闭上了眼睛。

回去后不久，我如愿以偿地当上了副处长。一天，妻子整理衣物时翻出了三爷的那件棉袄，嘟嘟囔囔地说这么过时的东西扔掉算了。我说："留着，将来给咱儿子。"

一次失败的劫持

炮兵老梅

前几天，我正和一篇小说较劲呢，很意外地接到了老梅的电话。

我这人记性很臭，差不多已经把老梅忘得一干二净了。他问了我两遍听出他是谁了吗？我也没想起来他是谁。逼得他没有办法，只得主动告诉我他是老梅。老梅说："老安，你还想不想看我开炮？"

我是在一个叫老虎营子的小乡村里认识老梅的。

老虎营子那地方躲在辽西山区的最深处，再往前走几步，一不小心，就会出省，一脚迈进河北的地界。那一阵，全国各地都刮风似的在搞小乡镇规划，不久，这股风就把我们这支测绘队吹进了山沟里。

我第一次见到老梅时，他正蹲在乡政府大门前，仰着脖子看天。老梅又瘦又小，蹲在夜色里，很像一块大石头。走到近前，大石头突然站起来，一把接过我肩膀上的行李，转身就往院子里走。老梅是乡里的通信员，兼管食堂、养猪场、门卫、收发。

老梅很猥琐，在乡里的地位也很低，准确地说是没什么地位。领导招招手，"老梅，去给我买盒烟。"老梅就一溜小跑地去买烟。烟买回来了，领导又说，"老梅，再去弄瓶酒。"老梅又一溜小跑地去弄酒。老梅正在食堂忙活着呢，领导的车在大门口直按喇叭，老梅赶紧跑过去开门。稍微慢一点儿，领导就会骂，"老梅，你干鸡巴啥呢？想回家抱孩子了咋地？"

到老虎营子的第二天，我就看见了政府大院里的那门炮。辽西山区一到夏天经常有雹灾，严重时，雹子有鸡蛋大小，噼里啪啦下一气，就把人们一个季节的辛苦砸得落花流水了。炮，就是对付雹子用的，炮口很长，斜着指向天空，带有某种威胁的意思。老梅说，那是他的炮。

后来，我们几个就总招呼老梅喝酒。老梅喝酒，总是胆战心惊的，眼睛瞟着大门口，领导一来，就赶紧站起来跑出去，这酒喝得就没啥意思了。

有一次，正赶上各村村干部换届选举，乡里所有的领导都下去了。那次老梅喝得挺尽兴，喝着喝着就开始讲他的历史。我才知道，原来老梅是转业军人，过去是当炮兵的。

老梅一口干了一杯酒，眼睛就开始发亮，拉着我的胳膊走到院子里。威风凛凛地坐在炮座上，手脚一齐动，很麻利地把炮口调了个方向。拍拍炮筒子说："在整个部队，我老梅的炮打得最准。"我们几个就怂恿他，"老梅，你能不能现在开一炮试试？"老梅连忙摇头，"炮不是随便开的，得有雹云，那种炮弹一发就值好几百块钱呢！"这时的老梅腰板挺直，两眼有神，一点儿也没有猥琐的神情。

从那天开始，我就经常看见老梅仰着脖子看天，等雹云。我说："老梅，雹云是啥样的？"老梅说："雹云嘛，就是那样的，说不太清楚，等它来了你就知道了。"雹云一直没来，老梅就有些着急了，经常自言自语地说："不对劲呀，往年这时候早该来了啊！"

有一天，他正仰着脑袋看天自言自语呢，乡长从他身边走过，听到了他的话，就骂："老梅，你脑袋让驴踢了吧，不下雹子，你心里痒痒咋地？"老梅就赶紧赔着笑脸，说："乡长，我不是那个意思。"乡长说："你不是那个意思是啥意思，不行咱就意思意思！"老梅说："乡长，我真不是那个意思。"乡长骂一句粗话转身走了，走出几步，回过头来又威胁地看老梅一眼说："操！"

老梅再看天，就不敢明目张胆地看了，目光像老鼠似的，看到没人时才敢偷偷地溜出来，向天上瞄一眼。一有人来，就赶紧把目光和对雹云的期待一起缩进洞里去。

有一次和乡长喝酒，不知怎么地就说起了老梅。我说："乡长，你们这儿有一个老梅这样的炮兵就不用担心雹灾了吧？"乡长看看我说："可拉倒吧，指望他那不是扯淡嘛，老梅根本就不会开炮，他是当过炮兵不假，可也是在食堂里做饭的，从来就没开过炮。"

我就有点替老梅担心，雹云要是真来了，他可咋整呢？好在直到我们测量结束，雹云一直也没来，我们很快就到另一个乡去了。

在电话里老梅说："老安，今年山里气候异常，前两天我看见雹云了，你要是来肯定能看见我开炮了。"

老梅这么说，我就不知道说啥好了。

一次失败的劫持

鸵鸟

　　老全往往是把自己灌醉后开始讲他老婆的，所以他老婆每次都是从酒气里袅娜着走出来，很妩媚地站在我面前的。

　　我第一次见到老全时，他正弯着腰用一根扁铲抠钻杆儿里的泥。他的动作很笨拙，给我的感觉好像他正在和那根钻杆儿搏斗似的，嘴里还"吭哧吭哧"地喘着粗气。我没看到他的脸，看到的是一个摇摇摆摆、像座小山似的臀部。很奇怪，现在只要我想起老全，想到的仍然是那个臀部。

　　老全的腰弯得超过了九十度，看起来很像一只鸵鸟。他从两腿之间露出一张脸，友好地向我打了招呼。十几分钟后，我第二次见到他时，机长对我说："从今天开始他就是你师傅了。"机长还说："他叫老全，你就叫他全师傅。"

　　过了很长一段时间后，我才知道，老全其实根本就不姓全，姓金。但整个机台上没人叫他老金或者金作发，都叫他老全，或者是全作废。

　　很快我就知道了，老全有一个好老婆。她类似于传说中的田螺姑娘，美丽善良、温柔体贴、会做饭、会喂猪、会生孩子，还从来不乱发脾气。老全说："能娶到这么好的老婆，作为一个老爷们儿，这辈子也该知足了吧！小安子，你说是不是？"没等我回答，他已经抢先打起了呼噜。打一会儿呼噜，他还会问一句，"小安子，你说是不是？"

　　我们的机台已经在这个叫荒草店的地方驻扎了两个月，据说是要打一眼几百米的深井。这项工程可能还要几个月才能完工。这期间，机台上的工人们陆续回了几次家，再返回时除了带一些食品外，还带回了有关他们老婆的话题。他们讲得很具体，也很色情，好像不这么讲就显得不够意思似的。

　　一次也没回去的只有我和老全。有一次我问他："全师傅，你怎么不回家看看？"老全说："老夫老妻的了，没有他们年轻人奔得亲了，忍一忍就过去了。"也就是那天老全第一次让我看了他老婆给他写的信。

老全冲我神秘地笑笑，在被子里掏了半天，把一封信递给我说："我老婆写的，你看看吧！"

我说："我不看，这是个人隐私，我看了不合适。"

老全就急了，问我他是不是我师傅，如果是，看信就没什么不合适的。

我说："虽然你是我师傅，但我也不应该看你的信，再说了，我这人也没有窥私欲。"老全听我这么讲，突然把脸埋进两只手里，好半天才抬起头说："小安子，你就看看吧，就算我求你了还不行吗！"

老全老婆的信写得很短，大概不会超过二百个字，每个字都写得歪歪扭扭的。那封信现在我还能记起来，在这里引用一下，希望我的师傅老全能够同意。

"老全，你这一走又有两个多月了，眼瞅着家里的老母猪就要生了。没办法，谁让咱们是这个命呢，咱们要是也像三民子似的有做生意的脑瓜，就用不着你累死累活地出野外、守钻机了。听人说三民子前两天让警察给抓住了，不知道犯了什么事。家挺好，我挺好，孩子也挺好，你就不用操心了。"信的最后写着："少干活，多吃饭，少喝酒，别抽烟。拉倒吧，我要给二小子做饭去了。"

老全说："小安子，你说说我的老婆是不是个好女人？"我说："真是个好女人。"

第二天，老全喝完酒，讲完他老婆，又神秘地冲我笑笑，把手伸进被子里，掏了半天，把一封信递给我。我在老全的苦苦哀求下看了信。从这天以后，只要他喝完酒就一定要让我看信，看完信他都会问我一句，"小安子，你说说我的老婆是不是个好女人？"我每次都说，"真是个好女人。"后来我觉得只有这六个字太单调了，就又加了句，"也不知道你家的老母猪能不能平安生产。"

一个月后，老全喝完酒，讲完他老婆，又神秘地冲我笑笑，把手伸进被子里，掏了半天，但这次他什么也没掏出来。老全愣愣地看了看我，我避开他说："全师傅，我出去转一转。"

第二天中午，老全爬上钻塔顶整理钻具时，从二十五米高的塔上掉下来摔在了地上，发出一声闷响，一句话没说，就咽气了。

机长说，全作废这下算彻底报废了。我提了个建议，让老全的老婆来料理他的后事。机长说，老全在十年前的一次事故中家伙事就废了，从来就没娶过老婆，所以他才叫全作废。

当天晚上，单位来了一辆汽车，把老全的尸体运走了。那天我第一次喝了酒，喝完了跑到一个水坑边号啕大哭了一场。

那个水坑里扔着我读了三十遍的一封信。

偷 酒

李彩霞打电话说老文不行了，他现在还剩最后一口气，这口气有点奇怪，我不去，说啥也咽不下去了。我打出租车赶到医院，在门口的商店里买了一瓶酒，二百五十毫升装的老龙口，扁瓶子的那种。掏钱时我问那个女售货员，酒是不是真的，她用眼皮子抹答我一下，没说话。

大华机械厂会议室的门被人一脚踢开了。当时，厂长正在严肃地讲话，在座的有厂党委书记、三位副厂长、一到五车间的主任。他们都不约而同地把脑袋转过去，看会议室门口。门口站着的是老文，他目空一切地指着一车间主任喊："姓高的，你给老子滚出来。"据很多人讲，当时高主任听到这句话后，气势汹汹地从会议室里走了出来，老文平时在他心目中的形象让他产生了错觉，他没有预料到会挨打，尤其是挨老文打。他皱着眉头走到老文面前说："老文，你搞什么鬼。"这句话刚说完，他的左脸上就挨了一巴掌。这一下子就把高主任打晕了，是那种始料不及的晕。高主任用手去捂左脸时，右脸又挨了一巴掌。高主任把两边的脸都捂住，傻乎乎地问老文："你怎么……敢……打人？"老文冲着他哈哈大笑，笑完了，扬长而去。

直到下岗前，我和老文在一个车间里工作了三年。在三年里，我看见的老文总是笑眯眯的，即使别人欺侮他，拿他寻开心，他还是笑眯眯的。三年里，我们车间所有的好事都与他无缘，所有的坏事差不多都会落到他头上，直到最后下岗。我们都认为，老文是那种老实得有些窝囊的人。他老婆李彩霞的话说得更直接一些，李彩霞说："老文这家伙，三扁担都压不出个瘪屁来。"

那天，老文开始的时候很拘谨，一条胳膊在身边毕恭毕敬地垂着，用眼睛讨好地看着我，发现我没注意他，才慌慌张张地把另一条胳膊抬起来，做贼似的夹一口菜吃。老文说："兄弟，不好意思，让你破费了。"又说："你

最具中学生人气的微型小说名作选

喝，你喝，我胃有毛病，喝不了酒。"我忘了老文是怎么开始喝起来的，只记得他对我说："兄弟，你一定要替我保密。"我说："行，可你得告诉我啥事要保密。"老文说："就是喝酒的事，你千万不能说出去，尤其是不能告诉李彩霞。"后来，我们俩都喝得晕头转向，在随意小吃部门口分手时，老文拍着我的肩膀说："兄弟，明天，上班见。"我说："老文，明天咱们见不着了，咱们俩都下岗了。"老文瞪着眼睛看着我问："是谁让咱们下岗的？"我告诉他上午高主任刚刚宣读了下岗人员名单，他排在第一位，我排在第二位。我还告诉他，宣布名单时，他也在下边坐着听呢。老文看看我，冲地上吐口唾沫说："操，太欺侮人了。"我说："老文，你喝酒的事我肯定不告诉别人。"老文恶狠狠地盯着我说："他娘的，用不着保密，我老文怕谁！"这是我能想起来的，老文第一次偷酒喝。没想到，十几分钟后，他就打了高主任。

　　老文下岗后买了一辆倒骑驴，每天在我们这座城市的大街小巷里拉客人。我遇到过他两次，一次他从火车站去南大桥，另一次他从东五里去士英街。这两次老文的肩膀上都搭着一条毛巾，脖子上淌着机油似的热汗。我说："老文，啥时候咱喝酒。"老文冲我挥挥手说："你喝，你喝，我胃有毛病，喝不了酒。"

　　那时候，李彩霞已经承包了大华机械厂的酒店，每天都站在酒店门口，冲着客人们堆起一脸颤动着脂肪的微笑。除了老文，她看到谁都像是见了上帝似的。老文在她面前毕恭毕敬的，连大气都不敢出。就是这样，老文还是经常被她训得像三孙子似的。经济基础决定了上层建筑，这事谁也没有办法。

　　我和老文每年春节都在随意小吃部见一次面，有时候是年前，有时候是年后。每次见面，老文开始时都说："你喝，你喝，我胃有毛病，喝不了酒。"然后他就让我替他保密。再然后，我们就一起酩酊大醉地离开。在小吃部门口，他每次都恶狠狠地盯着我说："他娘的，用不着保密，我老文怕谁！"

　　老文家对门住的王大妈是个热心肠，她宁可不管自己家里的事，也要管别人家的事。据她讲，每年春节前后，老文都会下死力气把李彩霞收拾一顿，每次都收拾得李彩霞鬼哭狼嚎地喊救命。这时候，王大妈就会迅速冲过去敲门，把李彩霞的命从老文的手里救下来。但她说，李彩霞一点也不冤枉，一年里她只有这一天被老文收拾，剩下的那三百多天，都是她欺侮人家老文。我统计了一下，每年的那一天正是我和老文喝酒的日子。

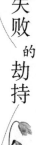

一次失败的劫持

我看见病床上的老文时，他已经不能说话了。他看了看我，似乎还礼貌地笑了笑。我坐在他的床边，用衣服遮住李彩霞的目光，让他看了看我怀里的那瓶酒。然后，我把嘴贴在他的耳朵上说："老文，你喝吧，我替你保密。"我看见老文好像又笑了笑。我拧开瓶盖时，酒气就无法阻挡地飘了出来，迅速弥漫在病房里。我看见老文吸了吸鼻子，脑袋就歪向了一边。

　　让我想不到的是，李彩霞哭成了一个泪人，她鼻涕一把眼泪一把地哭着问我："老文在十年前就得了严重的胃病，根本就不能喝酒，可他还总是偷酒喝，你说说他到底是图希个啥？"我看了李彩霞好一会儿，最后总算想起了一句话："我说，从今往后，老文他，再也不会偷酒喝了。"

老孟和大孟(一)

老孟失眠了。老孟临睡前觉得心里不太舒服,他想想清楚是什么原因让他不舒服,想着想着就失眠了。失眠的老孟犯起了烟瘾。打火机闪亮的瞬间,他看到了睡在另一张床上的老婆和大孟。两年前老婆说:"老夫老妻的,挤在一张床上也没啥意思",跟他分了居。但每天晚上大孟跳到她床上时,她却没表示反对。老婆睡得很熟,大孟似乎感觉到了火光,扭着身子往老婆的身边靠了靠。

老孟每天晚上都带着大孟出去散步。从家里出发走三五分钟,就到了大凌河边,他们沿着大堤走十几分钟,再折回来向另一个方向走十几分钟,然后走回家去。

昨天晚上老孟改变了一下路线,没有去河边,去了附近的一个公园。快过年了,他听说公园里这几天有秧歌表演。公园里人很多,并没有秧歌表演,老孟就有点后悔,早知道就不来了,这地方太闹,不像河边那么肃静。

走着走着大孟就不见了。老孟并不着急,大孟即使和他走散了,也能自己跑回家去。老孟找到大孟时,大孟正和另一只狗在一起,互相嗅着鼻子,舔着对方的毛。大孟还试图爬到人家的身上去,看来它们已经在瞬间产生了爱情。

这时老孟听到有人喊他,他扭头去看,喊他的人是他们厂的厂长老钱。老孟不喜欢老钱,过去只是一种感觉,觉得老钱这个人不怎么地,现在是因为工资的事儿。老孟还有半年就到了退休年龄,他盼着在临退休之前能长一级工资,这样退休金就能每个月多出四十多元钱。老孟的条件本来够长工资的,但他找了老钱几次老钱都没答应。

老钱指着那两只狗对老孟说:"瞧这架式它们是对上眼了,我看着它俩也挺合适。"大孟已经正式地爬到了人家的背上,一副急不可耐的模样。老孟喊了一声"大孟"制止了它的行动。淡淡地对老钱说:"狗这东西就这模样,一公一母凑一起就想着要干点啥!"老钱说:"那可不是,我们家阿美,一般

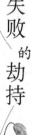

的狗连瞅都不瞅一眼，今天不知怎么让你家的大孟给征服了。"老孟心里想着工资的事，没理老钱。老钱说："咱们是不是成全了它们，哪天让它们入洞房算了。"老孟顶了老钱一句："那是它们自己的事，行政干预恐怕不好使。"老钱说："我看它俩准成，我们家阿美就从来没这么温柔过。"

大孟和阿美开始互相追逐起来，拿老孟老钱的腿当道具，捉迷藏。看上去它们正沉浸在爱情的甜蜜之中。

老钱和老孟又谈了一些别的事，后来老钱主动把话题拉到了老孟的工资，上说："我考虑过了，像你这样的老职工，为厂子做了一辈子的贡献，退休前应该得到一些照顾，我做做厂里其他领导的工作，这一次长工资，把你考虑进去。"老孟知道老钱这么说只是个工作方法，在厂里只要老钱点了头，就没有通不过的事儿。盼望的事情马上就要变成现实了，老孟的心里却说不清为什么没有一点兴奋，他淡淡地说了句："那就谢谢领导了。"

抽完一支烟后，老孟终于想清楚了自己心里不舒服的原因。自己找了几次都没办成的事，因为老钱家的阿美喜欢上了自己家的大孟就轻而易举地办成了，这让他的自尊心受到了伤害。老孟想起临分手时老钱的那句话："后天就是星期六，还是在这个公园，让大孟和阿美把事办了。"老孟当时没说话，只是不由自主地点了点头。他喊大孟时，大孟和阿美正用两只前爪亲热地搂在一起，尽情地缠绵着。听到喊声，大孟极不情愿地跑到了他的身边。跟着他往回走了几步后，大孟又突然地折回头去，跑向了阿美。阿美也反身跑了回来，它们又表示了一番亲热后，才恋恋不舍地各自跑回了主人身边。老孟看到远处的老钱向他会心地笑了笑，露出了两颗黄灿灿的金牙。

"也许和狗无关呢！自己本来就够了长工资的条件，老钱也许确实是经过一段考虑后才做出了这个决定。不过不管怎样，涨工资是没什么问题了。"躺在床上的老孟禁不住算起了账，一级工资四十二元，退休后他一年就可以多挣五百零四元，这些钱差不多够他一年的烟钱了，他用自己多长的一级工资抽烟，老婆就不会再说三道四了。这样一想心里立刻顺畅了许多。他又点着了一支烟，这一次他让打火机燃烧的时间长了些，他看到火光照亮的大孟，一身白毛闪着银光，看上去英俊潇洒。老孟想幸亏当年听了老伴儿的话买了一只公狗，要是依自己买一只母的，工资也许就没戏了。老婆被火光弄醒了，喊了一句"老不死的，半夜三更不睡觉，你瞎折腾啥？"老孟赶紧按灭了烟头，一转身，片刻就进入了梦乡。

老孟做了一个梦，梦见自己带着大孟走在河边的大堤上。他在梦中露出了一丝甜蜜的笑容。

老孟和大孟(二)

　　夜色渐浓，玉盘样的月，明晃晃地挂在了天上。老孟和大孟来到河边的大堤下。

　　过去每天晚饭后老孟都会带大孟到大堤上去散步。他们先是向南走十几分钟，再折回头向北走十几分钟，然后下堤回家。那时老伴还活着，老孟还被人称为大孟，大孟还叫小孟，大概是儿子和女儿结婚后吧！大孟成了老孟，小孟成了大孟。

　　老伴去世后老孟就很少再带大孟来大堤了，一是大堤上过分地冷清，有时候遇不到一个人。再有老伴就埋在这大堤边，老孟不愿勾起太多的回忆。现在老孟和大孟经常去的地方是公园。除了孙子、外孙子来他这看他，或是他去看他们，老孟几乎每天都要带着大孟去公园。公园也在河边，离大堤不远，每天那里都有许多像老孟这样的老年人。凉亭里一伙是下棋的，花架下一伙是打扑克的。不时有二胡声从东南角的小湖边传过来，那里是一个乐器队的领地。湖边的树林里有一伙喜欢唱歌的老人，偶尔会和乐器队在一起排演一些节目。

　　老孟没有固定的伙伴，一到公园他就对大孟说一句，"自己玩去吧！"大孟摇摇尾巴，高兴地去找它的伙伴们了。公园里有很多和大孟一样的宠物狗，它们每天见面都要亲热地打一番招呼。老孟这时候背着手先走到凉亭里看一会下棋，偶尔也杀上一盘，他棋艺不高，三下五除二就让人将死了。离了凉亭到花架下看大家打扑克。打扑克的老人更多的不是注重打，而是注重说，准确讲应该叫说扑克。一个老人甩出一张牌来，虎视眈眈地看着别人说："这张，就这张，谁管得起。"另一个也甩出一张牌来说："你这张有什么了不起，还能大过我这个？"老孟看几局扑克，再到河边听一会乐曲，到小树林里听一会歌，和相熟的人说几句闲话，喊一声："大孟，我们回家喽！"

很快，大孟会从什么地方跑出来，在老孟的腿上嗅一嗅，久别重逢一般亲热一阵，跟着老孟走回家去。

最近老孟和大孟在公园里待的时间越来越长，有时候要到人都走光后才回家去。家里让老孟感到空洞。孙子和外孙子最近准备着期末考试，儿子和女儿各忙各的工作，已经很长时间没见到他们了。昨天老孟本来打算去看看孙子，想了想又怕影响了孙子复习，摇摇头，还是带大孟去了公园。

今天老孟要带着大孟上大堤，因为今天是老伴的祭日，五年前的今天老伴离开了他，老孟要去给老伴烧一些纸。临出门儿子和女儿打来了电话，说是太忙了今天实在是脱不开身，改天再补吧！

上大堤时老孟感觉有些力不从心，爬了一半说什么也上不去了。已经跑到大堤上的大孟又跑下来接他，使劲摇着尾巴给他加油。最后老孟还是拄着大孟的身体才一步步爬了上去。大孟身上一根根的骨头硌痛了他的手。他说："大孟，你也老了，瘦得净剩下骨头了。"大孟也该有二十几岁了，它刚捡回来时儿子和女儿还在读初中，放了学就要追得它到处跑。老伴是在一个垃圾箱旁边捡到它的，说："这条狗跟咱们家有缘，就叫它小孟吧！"这些仿佛是昨天的事情，一转眼他们全老了。

是初春的天气，大堤上的风有些凉。老孟裹紧了身上的风衣，大孟往他的腿边靠了靠，过来取暖。夜色下看不到河里的流水，只能听到河水流淌的"哗哗"声从河道里传过来。河心一轮月在水中沉浮着，变幻出一道道奇特的波光。

老孟带着大孟沿着大堤向老伴的坟上走，迎面遇见一个熟人带着狗在散步，那人叫了他一声，"孟大爷"。大孟在那只狗的身上嗅了嗅，那只狗很高傲，不理大孟，只顾走自己的路。大孟有些失望地跑回老孟身边。老孟说："不行了吧！老了没人理你喽！"大孟摇摇尾巴，不好意思地在老孟的腿上蹭了几下，乞求他别再挖苦下去。

老孟蹲在老伴的坟前，开始慢悠悠地给老伴烧纸。火光照亮了老孟布满皱纹的脸和身边的大孟，大孟坐下来和老孟一起注视着面前的火光。有烧过的纸灰被风吹起来，怪异地旋转着，最后不知道落到什么地方去了。有一些关于老伴的片断也随之从老孟的心里升起来，缠绕着老孟的回忆，久久不肯离开。老孟想起老伴活着时儿子女儿还都没结婚，那时家里总是那么的热闹。最热闹的是儿子女儿的孩子都很小的时候，那时老伴一个人照看着孙子和外孙子，大家每天都能见面。老伴的身体看上去好得不得了，谁也没想到会得那个要命的病。大孟似乎也想起了一些什么，低垂着头，连尾巴都忘了摇。

　　河里那轮月还在水面上漂着，似乎是随老孟来到了坟边。公园里乐器队的二胡声幽幽地传到了大堤上，老孟听出来拉的是《二泉映月》，曲调凄凉而哀怨。不知不觉，有两行泪从老孟的眼睛里流出来，被脸颊上的皱纹分隔得支离破碎，没有落下来就消失在老孟的脸上。大孟昂起头来，嗓子里发出一串"呜呜"的声音，好像在陪着老孟一起哭。

　　老孟慢慢站起身，活动活动发麻的双腿，喊一声，"大孟，咱们回家喽!"转身缓缓地向回走去。

一次失败的劫持